KB003804

1 day

PLATFORM 9¾

에든버러에서 일주일을

글 | 사진 유승호

에든버러에서 일주일 후...

사진과 글이 어우러진 책은 처음이다. 이미지와 텍스트는 어떻게 연결될까. 책이 나오기 전까지 너무 궁금했다. 애초에 에든버러의 기억들과 이미지 그리고 텍스트는 서로 잘 엮일 것 같았지만 의외로 글에 맞는 사진을 고르는 과정에서 새로운 깨달음이 있었다. 여행할 때 경험했던 나 자신과 여행 후 기억을 더듬으며 골라냈던 사진이 반드시 일치하지는 않는다는 것이다. 자작나무신발은 에든버러 로열식물원에서 보았고, 로열식물원에 갔던 시간과 텍스트에 맞춰 사진이 배열되어야 했지만, 그 신발을 사진으로 보고 기억을 더듬는 나의 과정은 오히려 식물원과의 연결에서 점점 멀어져만 갔다. 그것보다는 인간 동물원, 그러니까 도시의 거리와 더 잘 결합되었다. 자작나무신발은 나의 두뇌 모듈에 자리 잡은 기억과 충돌했던 것이다. 나의 가슴은 '천국의 아이들' 에서의 신발과 내가 어릴 적 아껴 신어야 했던 신발의 기억들로 찔렸다.

이 책의 글은 주관적이다. 나의 경험이 녹아있는 이 글을 읽고 동감해주면 나는 많이 위로 받는다. 그러나 동시에 이 글을 독자들에게 강요하고 싶지 않다. 왜냐하면, 글에서는 표현될 수 없는, 내가 에든버러를 걸으며 바람맞고 냄새 맡고 햇볕 쬐고 눈길 주던 바로 그 순간들. 그 거리들. 지나던 행인들. 그 순간의 시간은 바로 그 순간에만 의미 있는 것들이기 때문이다. 글로 표현되는 순간 욕망을 채우는 또 다른 메커니즘이 시작되지 않던가. 그래서 글을 읽고 공감하신 분들과 꼭 함께 에든버러의 그 순간들을 느낄 수 있는 여행을 하자는, 기약 없는 말을 남기는 편이 더 마음 편하다.

에든버러에서 일주일을

글 | 사진 유승호

초판 1쇄 인쇄 \ 2011년 2월 17일
초판 1쇄 발행 \ 2011년 2월 17일

펴낸 곳 gasse · 가쎄 [제 302-2005-00062호]

주소 \ 서울 용산구 한강로1가 용산파크자이 D 606
전화 \ 02.2071.6866
팩스 \ 02.2071.6877
인쇄 \ 정민문화사

ISBN \ 978-89-93489-10-1
값 \ 10,000 원

www.gasse.co.kr

에든버러에서 일주일을

gasse · 가쎄

에든버러에서 일주일 을

1st day
TFORM 9¾

2nd day

3rd day

4th day

5th day

6th day

7th day

그래서 에든버러는 글의 출발점일 뿐이다.

에든버러에서 출발해 어딘가로 가는 나의 성찰 여행이다.

이 책은 에든버러의 여행기 형식을 빌렸지만 사실 여행기가 아니다. 에든버러에서 보고 느낀 것을 여행 중에 쓴 글이기 때문에 여행기이지만, 일반적인 여행기처럼 여행정보를 담고 있지는 않다. 오히려 에든버러라는 도시를 매개로 우리의 문화와 문화산업, 도시발전에 대한 나의 상념을 담은 에세이라고 할 수 있다. 그러면서 사람들의 천편일률적인 여행스타일이 바뀌었으면 하는 바람에서 쓴 글이기도 하다. 여행을 통해 그 지역의 풍광과 역사를 객관적으로 설명하기보다는 자신의 삶과 인생 그리고 생각을 돌아보는, 성찰의 여행이 되었으면 하는 점에서 이 책은 여행에세이라기보다는 문화에세이이다. 여행지에 대한 객관적인 여행정보자료는 넘쳐난다. 구글이나 블로거들보다 더 많은 정보를 책에 담을 수는 없다. 그렇지만 또 에든버러를 완전히 벗어난 상상력의 글은 아니다. 이 책은 에든버러가 배태한, 인간이 땅을 딛고 살아가고 있는 곳에서 생하고 멸하는 것들에 대한 이야기이다. 그래서 에든버러는 글의 출발점일 뿐이다. 에든버러에서 출발해 어딘가로 가는 나의 성찰 여행이다.

CR/644464/10

Incident Number: 0476	Date: 20/8/10

Information about this incident will be recorded on computer. You will be contacted if there are any further developments. If you need to contact us about this incident, **the most effective way** is to email us at contact@lbp.pnn.police.uk quoting the Captor number shown above. For more general enquiries please look at our website: www.lbp.police.uk. Alternatively you can telephone our communications centre on 0131 311 3131.

Issued By: SA 7457

Please note that the officer issuing this form may not necessarily be the officer dealing with this incident.

VICTIM SUPPORT - Referral	**YES**

Victim Support is an independent service, which provides free and confidential information and support to victims of crime and advise on compensation and other related matters.

If the Referral box states YES, we will pass your details to Victim Support. If you do not want this to happen, you can tell the person taking this report or telephone **0131-311-3669 (ansaphone)** within 24 hours quoting the Incident Number at the top of this form.

If you want us to pass on your details to Victim Support, please tell the person taking this report. You can also contact the Victim Support Helpline direct on **0845 603 9213**.

ta19 *(11/06)* Lothian and Borders Police

입구, "Did you lose 'bike'?"

가방이 사라졌다.

가방에 둔 여권, 지갑, 돈, 신용카드, 모든 걸 잃어버렸다. 가방 안의 돈도 여행 비용 전 재산이다. 늦더위의 에든버러가 사건의 장소이다. 계란을 한 통에 다 담지 말라 했거늘. 좋은 훈계와 지침은 늘 '소 잃고 나서야' 생각난다. 바보같이 모두 다 잃어버렸다. 내가 한눈을 파는 사이 옆에 두었던 가방을 지나가던 누군가가 슬쩍한 것이 분명하다. 멍하고 당혹해진 마음을 추스르고, 경찰서에 들러야겠다는 생각을 겨우 해냈다. 경찰서에서 분실물 증명서를 받아야 대사관이나 영사관에서 임시여권을 재발급 받을 수 있다는 것이 그제야 생각났다.

주변 사람에게 경찰서가 어디 있느냐고 했더니 아는 사람이 없다. 얼마 후 주변의 도움을 받아 인터넷에 들어가 구글 지도에서 표시해준 위치대로 에든버러 연안 근처의 경찰서를 찾아갔다. 일요일의 경찰서는 한가했다. 그래도 나처럼 멍청하게 뭔가를 잃어버려 분실물 신고를 하러 온 사람이 한둘 있었다. 큰 배낭을 멘 여행객도 있었고, 자전거를 끌고 와서는 라이트를 잃어버렸다고 신고하러 온 영국인도 있었다. '저런 것까지 신고하러 오는구나.' 다들 분실물을 신고하고 증명서들을 받아갔다. 나도 사건이 있었음을 '리포트' 했다. 그런데 나는 이미 분실한 에든버러의 한 푸드코트 현장에서 분실물과 시간 등을 신고했기 때문에 그때 받아 둔 경찰서 사건번호가 있었다. 사건번호를 알려주었다. [영국경찰 8월 10일 사건번호 476번]. 엄청난 일이 벌어진 듯하다. 사건번호까지 있으니 말이다. 사실 가방을 찾겠다는 마음은 벌써 접었다. 난 그냥 대사관에 제출하려는 증명서를 받으러 왔을 뿐이다. 그러나 내가 사건번호를 알려주니, 담당자는 느긋했던 표정을 바꾸고, 이것저것 컴퓨터로 찾으며 영국 중앙 전산망에 올라 전국적 사건이 된 나의 사건을 확인한다. 그리고 질문을 던진다. "Did you lose bike?"

'바이크라고? 난 지갑, 여권, 선글라스를 넣은 조그만 노트크기의 샘소나이트 가방을 잃어버렸는데, 바이크라고?'라고 생각하며 "아뇨, 난 자전거를 잃어버린 게 아니에요." 라고 말했다.(물론 영어로 말했다.)

경찰서 직원이 다시 말한다.

"바이크가 아니라고요?"

150,000 bikes are stolen every year

Don't let yours be one of them !

Register it
UV mark it.
Lock it.
Electronically tag it.
Secure it.

get your bike:

- registered and UV marked for £5
- registered, UV marked and electronically tagged for £16

date	time	place
29th July	12pm-2pm	Western General Hospital
26th Sep	12pm-2pm	Drylaw Police Station
9th/10th Oct	12pm-2pm	Ocean Terminal

A limited number of bikes will be registered and marked for free, arrive early so you don't miss out!

work with us to prevent bike theft

"난 아까 그 자전거 가져온 사람과 관련 없어요…."

"아니 그게 아니고요. 당신 사건번호엔 바이크를 잃어버렸다고 나왔는데요?"

"어 그럴 리가요. 전 작은 가방을 잃어버렸어요... 그. 그런데 바이크가 무슨 뜻이죠?"

그때서야 뭔가 이상하다는 낌새를 챘고 바이크의 뜻을 물었다. 그 여자는 멋쩍은 듯 바이크가 작은 가방이라고 일러준다. "작은 가방이 바이크예요?" 아, 바로 그 바이크는 백(bag)의 스코틀랜드식 발음이었다. 영국식 영어보다 더 격하게 "바아크" 라고 발음하니 나에겐 바이크라고 들릴 수밖에. 이런 낭패가 있나. 하필이면 그때 바로 내 앞사람이 자전거를 가져와 자기 분실물 이야기로 혼을 빼놓는 바람에 바이크(자전거)가 바로 연상되어버렸다.

경찰서 여직원은 자기가 할 일을 마쳤는지 일어나서 가버리고, 진짜 경찰정복을 한 경찰이 내실에서 나와 나를 다시 '취조' 한다. 이번엔 아주 자세하게, 나의 주소, 신상, 직업, 여행목적, 언제 어느 장소에서 무엇을 어떻게 잃어버렸는지 구체적으로 묻는다. 취조인터뷰는 30분을 넘겼다. 내 기록을 하나하나 모바일 터미널에 기록한다.

'아, 찾지도 못 할 거면서 왜 이렇게 자세히 기록하고 적는 것일까, 영국 경찰 대단하단 소문은 들었지만 이렇게 철저할 줄이야.'

하지만 이내 생각이 바뀌었다. 이런 기록이 쌓이고 쌓이면 어디서 범죄가 어떻게 일어나는 줄 알게 된다. 그리고 예측이 가능해져서 통제와 관리도 훨씬 효율적이 될 것이다. 영국은 사방 어디를 가도 "내가 당신을 감시하고 있다."라는 CCTV가 자기의 존재를 알리고 있다. 이제 사람들은 보호받기 위해 자기를 숨기지 않는다. 오히려 반대로 철저히 노출한다. 보호받기 위해서는 프라이버시를 숨기는 것이 아니라 철저하게 드러내야 한다. 귀중품이 든 가방도 보이는 곳에 놓는 것이 좋다. 예전에는 가방을 숨겨 범인이 보지 못하게 해야 했지만, 감시사회 덕분에 가방을 드러내는 것이 백 배 낫다. 그것이 가방을 쉽게 훔치지 못하게 하는 방법이다. 감시사회가 〈관심사회〉로 전화되는 순간이다. 나는 그것을 간과했다. 철저하게 감시사회는 감시일 뿐, 역감시는 존재하지 않을 것이라고 생각했다. 하나만 알고 둘 이상은 잘 몰랐다. 난 가방을 철저히 숨겼다. 의자 밑에 가방을 숨기다 보니, 청소부가 지나가면서 내 가방을 슬쩍 했다 해도 CCTV에 잡히지 않았을 것이다. 난 가방도둑에게 가장 좋은 표적이었다. 도둑맞지 않으려고 숨기려 했던 나 같은 사람이 가장 좋은 표적이었던 것이다. 자기 노출은 이제 자기 보호를 위한 또 하나의 역감시다. 선진국이란 민주적 정부를 가진 곳이고, 민주적 정부란 이렇게 자기 노출을 한 사람을 보호하는 국가이다. 후진국은 자기 노출을 한 사람에게 갈취와 불이익이 갈 가능성이 높지만, 선진국은 노출한 자에게 더욱 많은 관심을 기울인다. 선진복지국가는 모든 소비와 소득을 투명하게 공개한 사람들에게 더욱 많은 혜택이 가도록 사회시스템을 짜는데 전력을 다하는 것이다.

최고의 강자, 일상.

소매치기가 사라지고 있다? 한국에서도 소매치기가 사라지고 유럽에서도 줄어들고 있단다. 아마 CCTV 때문이리라. 런던과 에든버러의 역전 대기실에서 공공연히 마이크로 방송한다. 모든 곳, 곳곳에 CCTV가 설치되어 있고, 당신을 속속들이 카메라로 감시하고 있다고. 프라이버시 침해에 대한, 그리고 잠재적 소매치기들에게 경고하기 위한, 예방적 멘트이겠으나, 그런 소리는 영국이라는 도시의 이미지를 그 어떤 시각적 이미지가 아닌, 청각적 이미지로 규정한다. 노쇠하며 우수어린 대도시임을 알리는 도심의 심야 사이렌 소리보다도 세련되지 못한 청각적 사건이다.

청각적 신호에 민감한 내가 이 도시에서 가장 먼저 겪은 일은 정신적 패닉에 빠지는 일이었다. 여행자에게 풀어짐은 여행자의 권리 중 하나이다. 그러나 풀어질 사이도 없이 주의 깊은 관찰을 다 하지 못한 데 대한 반성이 몰려왔다. 역전과 해방이 여행자의 필수품이건만, 난 이제 그런 논리를 주장할 처지가 되지 못한다. 여권이 없음은 내 여행자로서의 공식적 정체성이 상실된 일이다. 부랑자. 무국적자. 나는 한국인이라고 말하고 싶었지만 증명할 길이 없다. 세계 어느 곳을 가나 모든 곳에서 한국인임을 증명하라고 했었는데 그 일을 왜 그리 귀찮아했었는지. 자랑스러워했어야 했다. 아니 그때마다 안도의 숨을 내쉬어야 했다. 여권이면 충분했던 것을, 이제 그 여권이 없어 나는 그 귀찮은 일조차 할 수 없다. 인간은 사회적 동물이며, 거기에는 공동체에 소속된, 국가에 소속된 일원으로서 의무감을 수행해야 한다. 혼자인 것을 좋아한다고 말하지만, 때론 혼자가 되고 싶은 권리가 인간의 기본권이지만, 우주에서 모든 생리적 욕구가 충족된다고 하더라도 내가 어디인지도 모르는 채 '진정한 혼자 되기'를 원하는 사람이 있을까. 인간으로서의 도리와 예의는 그런 것이다. 여기에도 자기 최면을 걸어 귀찮은 것보다는 보람된 일임을 느끼도록 나 자신을 훈육해야 한다. 그러나 이런 생각은 내 가방을 잃고 난 뒤 절실히 다가왔다. 휴대폰이 그나마 살아 있어 고마웠다. 휴대폰아, 내 휴대폰아 어디 가지 말고 내 곁에 딱 붙어 있어라.

나를 증명함을 내 안에 두면 어떨까. 전자지문인식, 홍채인식, 전자 칩을 통한 브레인게이트, 이렇게 되면 여권위조도 없어질까. 그러나 그때는 귀찮음을 피할 수 있는 나조차도 사라진 시대가 될지도 모른다. 의무감 때문에 때로는 편안함 때문에, 나의 귀찮음을 느낄 수 있는 나의 자유까지 반납하고 싶지는 않다. 그때는 아마도 그 긍정성보다 부정성이 나를 압도하리라.
인간은 부정성에 압도당하도록 진화되어왔다. 비록 그 수가 절대적으로 적다 하더라도 나에게 피해를 주고 좋지 않은 느낌을 전해주는 부정성에 지배당한다. 긍정성은 아무리 많아도 기분 좋은 것 정도이지만, 부정성은 한 번만이라도 제대로 운 나쁘게 걸리면 목숨을 빼앗는다. 목숨을 빼앗긴 뒤에는 아무리 긍정성이 많아도 의미 없다. 부정성에의 민감함은 그래서 생존의 조건이다.

Exit
C
We'll be
keeping an eye
out for you.
EAST COAST

아무리 좋은 일이 많으면 뭐 하나, 내가 한번 심하게 다치거나 크게 아파 회복 불가능하면 모든 것이 그만인 것을, 그것은 '소급적 방해(retroactive interference)' 이다. 회복 가능한 작은 부정성은 차라리 고맙다. 때로는 긍정성과 교환될 수도 있다. 착잡한 기분은 저 먼 나라 수백 년의 고도 에든버러에서도 서울의 홍대클럽에서 날리듯 쉽게 날려버릴 수도 있겠다.

그러나 강한 부정성은 다르다. 모든 것을 장악한다. 그런데, 그럼에도 그 부정성은 다시 더 강한 것에 지배당한다. 그것은 일상이다. 인간의 평범한 일상은 다시 찾아온다. 그 모든 강한 부정도 시간을 이길 수는 없다. 시간의 승자는 일상이다. 부정성에 찾아온 거대한 갈등도 일상성으로 인해 물러간다. 그때 부정성은 맥없이 사라진다. 그 어떤 극도의 부정성 속에도 상처는 아물고 살은 돋아난다. 내 가방과 정체성은 사라졌지만, 내 몸과 정신은 재활했다.

Reynolds
KE56 EWW

No

첫째 날, 친밀한 거리(distance) 친밀한 거리들(streets)

에든버러는 영국이다.

당연히 영국이다. 그런데 영국이 아니기도 하다. 잉글랜드에는 속하지 않는 스코틀랜드의 수도이다. 그래서 UK(United Kingdom) 소속이다. 스코틀랜드 사람들은 잉글랜드 사람들보다 훨씬 친절하고 순수하다고 한다. 실제로도 그렇다. 지도를 들고 거리를 헤매고 있으면 대뜸 누군가 다가와 도와주려 한다. 잉글랜드의 보수적 풍토와는 많이 다르다. 그렇지만 다른 느낌도 있다. 스스로 영국의 본류라 주장하지만 - 실제 자유시장의 창시자 아담 스미스는 스코틀랜드 태생이라 영국의 시장 이데올로기는 스코틀랜드에서 개척되었지만 -

영국인이면서 영국인이 아닌 것은 주변자의 내면과 맞닿는다. 착하고 순박한 것은 사실이지만 '매너 좋은 순수함' 은 적다. 오히려 싫어하면서 무관심한 것이 아니라, 싫어하면서도 좋아하는 척하는 것은 아닐까. 스코틀랜드 사람들이 런던이나 잉글랜드 사람들보다 훨씬 친절한 이유는 그 나름의 생존철학이 아니었을까.

에든버러 어디를 가도 왕은 둘이다. 스코틀랜드의 왕을 위한 식물원, 그리고 엘리자베스 여왕의 배가 있는 브리테니카 지역. 스코틀랜드의 왕은 식물원에 가두어 꽃을 가꾸게 하고, 식물을 가꾸게 해서 마음의 수양을 쌓게 하고, 영국 여왕은 더운 여름 에든버러항에서 퀸의 요트를 탄다. 사실 이름은 The former Royal yacht인데 이건 우리가 흔히 생각하는 요트 크기가 아니고 유람선 정도의 크기이다(배들을 구분하는 방법의 전문가가 아니라 잘 모르겠지만). 이 요트 꼭대기는 현재 식당으로 개조되어 족히 200여 명을 수용하는 레스토랑이 중간의 반 정도를 차지하고 있는데, 과연 여왕의 요트 위용을 실감케 한다. 여왕의 요트에도 어김없이 영국과 스코틀랜드 국기가 함께 달렸지만, 여왕이 이 배를 타고 휴양을 즐기러 바다를 항해하는 것을 생각하면 식물원에 갇혀 식물들에게 위로받으며 영토애를 접어가는 스코틀랜드 왕의 비애가 교차된다. 한국의 역사에도 왕들이 정원이 아닌 배를 타고 항해하는 그런 문화가 있었다면, 역사가 바뀌었을 수도 있겠다. 물론 안압지에서 문무왕이 배를 타고 놀았다는 설은 있다. 연못에서만 놀았고 열 명 정도 탈 수 있는 배였다는 게 아쉬울

뿐이다. 배를 타고 다른 나라를 여행하는 것, 〈큰 배 타고 놀기〉가 사냥이나 여흥보다 더 재미있다는 것을 알았다면 한국의 역사가 어떻게 바뀌었을까. 역사에 가정은 없다지만, 이런 가정은 정말 재미있다. 적어도 근대역사에서 개화파가 턱 없이 밀리지는 않았을지도 모른다. 역사는 그렇게 문화가 결정한다. 민중들의 문화만이 아니라, 문화는 왕과 귀족들의 문화도 결정하기 때문이다. 그것이 한 나라의 문화이다.

문화가 계층적으로 나누어져, 그래서 문화자본이 형성되어 지배계층의 재생산에 기여하는 것은 분명하다. 프랑스의 대표적인 문화자본은 클래식음악이나 회화, 책읽기의 지식이겠으나 한국에 있는 몇 가지 요소 중 가장 파괴력이 있는 문화자본은 영어자본이 아닐까 싶다. 조기 유학 등 영어권 해외 경험이 증가함에 따라 영어에 의해, 영어권 해외경험에 의해 계층이 재생산되는 것이 점점 공고해지는 듯하다. 'English divide'. 그러면 그 원흉은 스코틀랜드처럼 결국은 영국인가? 영어를 태생시킨 나라 영국. 영어라는 언어에 익숙하기 때문에 내가 여기 에든버러를 방문하겠다는 마음을 기꺼이 먹었는지도 모르겠다. 문화의 정수는 언어이다. 그러므로 우리 문자를 가지고 있다는 것은 천만다행한 일이다. 비록 고유의 우리문자 때문에 영어를 외국어로 배워야 하는 '즐거운 수고'가 있지만, 우리문자로 우리 고유의 문화를 지킬 수 있다는 것은 스코틀랜드를 보면서 뼛속 깊은 위안으로 다가온다.
사실 대중문화가 등장하면서부터 계층적으로 폐쇄된 문화를 누리는, 취향의 폐쇄성은 많이 사라졌다. 대통령부터 부랑자까지 다 대장금을 좋아하고 이병헌을 좋아하지 않던가 말이다. 그래서 그런 시장을 인지하고 한국도 문화콘텐츠와 창의산업에 투자가 한창이다. 에든버러도 창의산업에 목메고 있다. 유명한 에든버러 프린지페스티발은 여름 한 철이다. 고용이 프린지페스티발을 중심으로 정점에 이르렀다가 페스티발이 끝나면 암흑기로 접어든다는 뜻이다. 〈Culture Industries〉의 저자 헤스몬달프(Hesmondhalgh)는 문화산업을 중심영역과 주변영역으로 구분한다. 중심영역은 재생산이 가능하기에 부가가치가 높다. 주변영역은 공연이나 뮤지컬처럼 매번 많은 사람이 참여하고 있어서 부가가치가 낮다. 이런 주변영역에서 고용은 더 많이 창출될지 모르나 임시직과 저임금직이 많아서 좋은 일자리(decent Job)는 부족하다. 임시직이나 저임금직이 많다는 건 고용의 질을 떨어뜨려 도시나 지역발전에도 장기적으로는 결코 도움이 된다고 할 수 없다. 임시직, 저임금 직종 삶의 문화가 지역의 문화를 형성하게 되면 문화의 역동적 환경을 만들기가 어려워지기 때문이다. 그래서 문화와 연결된 창조산업, 디자인산업, 게임산업, 애니메이션에 신경 쓴다. 문화산업의 핵심영역을 키우면 고용의 질도 좋아진다. 에든버러시의 경우 디자인과 게임회사 중 이제 내로라하는 회사들을 키우고 유치하는데 성과를 내고 있다. 유명 디자인과 게임회사들, 특히 게임에는 GTA를 만든 회사가 에든버러에 있다. 창조산업 그중에서도 특히 고용의 질을 보장하는 핵심 문화 콘텐츠산업 영역을 유치하려는 것은 에든버러도 예외가 아니다. 공연을 기반으로 성공한 에든버러가 산업도 이제 주변영역에서 핵심영역으로 진입하려 하고 있다. 우리나라 도시들이 축제에만 온 신경을 집중하고, 성공한 축제 이후를 고민하지 못하고 있는 것에 많은 시사점을 던진다.

가까울수록 찌르기도 쉽다.

언어학자 주스(Joos)가 설명하듯이, "친밀한 대화에서는 요컨대 화자의 피부 밖으로부터 청자에게 정보를 주는 것을 피한다. 요점은 ...화자의 피부 안으로부터... 청자에게 단순히 어떤 느낌을 불러일으키는 것이다."
서로 얼굴이 맞닿지 않아도 친밀한 거리는 타인의 숨결과 열기, 냄새까지 감지한다. 열기와 냄새에 역겨움도 묻어난다. 거리는 친밀함의 거울이자, 고슴도치의 가시다. 가까울수록 친밀하지만, 그만큼 찌르기도 쉽다. 그럼에도 친밀함이 묻어나는 거리는 거리의 모습을 규정한다.
거리 바로 옆에서 걷는 사람들을 바라보며 차를 마실 수 있는 사람들, 에든버러 레이스워크(Leith Walk)카페는 그런 동네 길의 자그마한 카페이고 그곳에서는 지나가는 행인과 쉽게 눈을 마주친다. 지나가는 그 순간 거리 행자와 카페손님과의 거리는 겨우 두세 뼘 정도이다. 친밀한 거리는 눈길 맞추기다. 눈길 맞추기는 몸짓의 교환이고, 몸짓은 언어 양식이다. 몸짓은 짧지만 지나치는 순간에 교환하기 좋은 언어이다. 특히 잘 모르는 사람 사이의 어색함과 경계심을 없애는 좋은 도구다. 미소, 눈가의 주름, 미간의 작은 움직임. 도시의 거리는 그렇게 사람들의 짧지만 지나치는 순간들을 만든다. 옷깃의 인연이

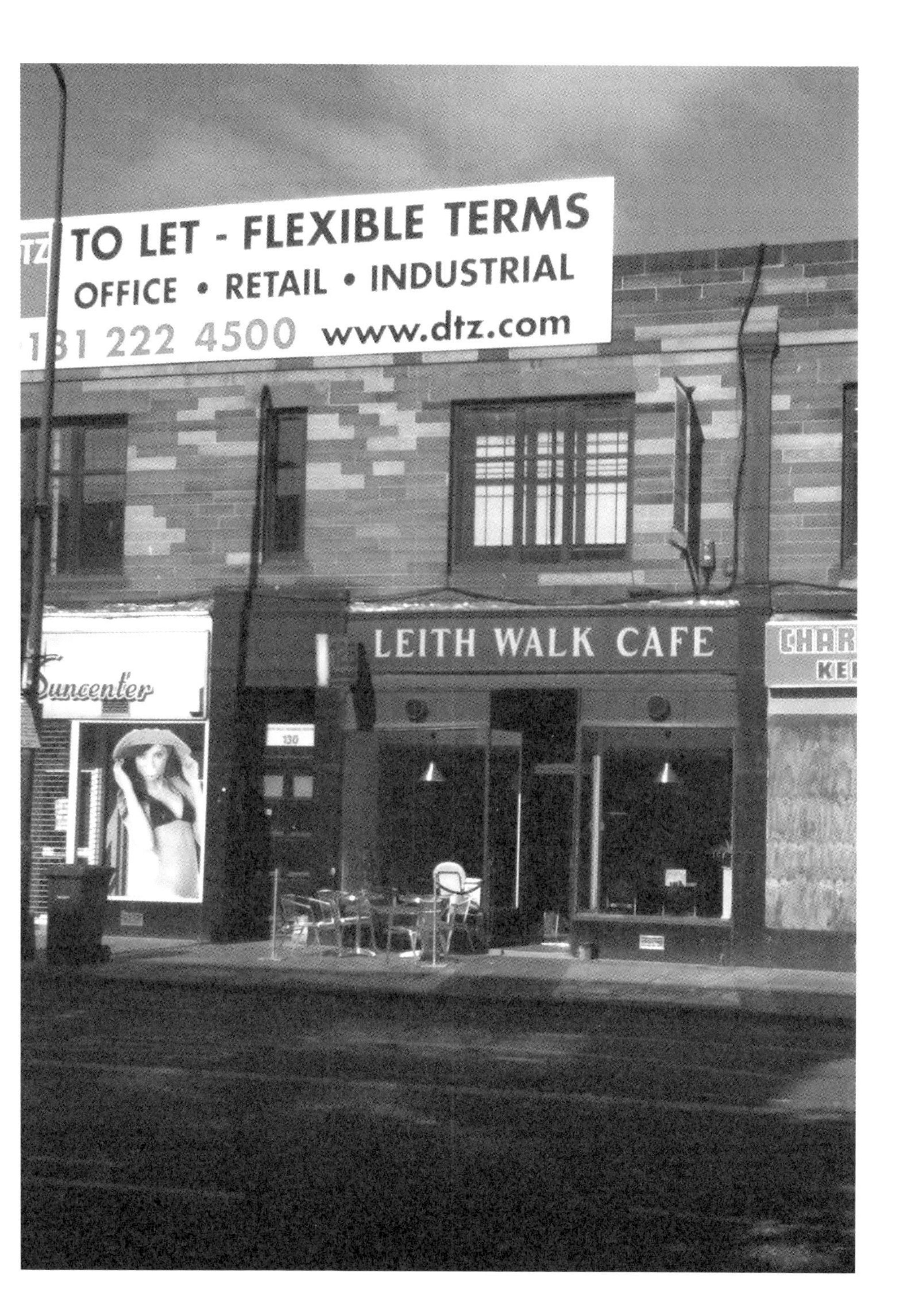

TO LET - FLEXIBLE TERMS
OFFICE • RETAIL • INDUSTRIAL
222 4500 www.dtz.com
LEITH WALK CAFE
Suncenter
130

거리에서 실현된다. 그러나 카페에서, 바에서 사람들은 만나고 다시 거리를 바라본다. 카페의 테라스는 행인을 바라보게 열려 있다. 유리는 투명하고, 안과 밖의 시야는 상호 걸림이 없다. 투명유리는 경계를 두고서 경계를 부수는 '경계인' 이다. 친밀한 거리지만, 유리는 서로 찔리는 것을 막아준다. 유리는 소리의 차단이고 시각의 확산이다. 유리 안에서 웃는 사람들, 그리고 유리 바깥에서 유리 안을 봐주는 사람들. 에든버러 거리는 그런 눈과 눈의 마주침이 넘쳐난다. 친밀하지만 적정한 거리의 거리다.

반면 서울 주상복합의 거대한 용모 안에서 친밀한 사람 사이의 거리가 있는 곳은 조명에 구속된 실내 아케이드정도다. 아케이드에서 행인과 손님, 그리고 가게주인이 눈을 맞춘다. 그러나 그 눈 맞추기는 서로 찔리는 것을 막는 것으로 가기에는 쉽지 않다. 무언가 사려고 하거나 또는 사지 않고 눈 맞추기를 한다는 것은 그 비싼 임대료를 내면서 자리 깔고 앉은 상점주인과 점원들에게는 '시간낭비' 이고 '비효율' 이다. 서로를 찌르는 강한 시선은 강한 간판 조명으로 더 정확히 드러난다. 눈은 쉽게 피로해지고, 어둠을 벗어나려는 광고판은 전자파와 함께 땀구멍을 막는다. 도시는 광장과 거리와 골목으로 서로 촘촘히 연결된 미지와 우연의 아케이드에서, 모든 것이 단일 공간에서 처리 가능하면서도 고립된 거대 환전소로 변해버렸다. 낯선 사람을 만나, 낯선 눈을 서로 마주하고, 익숙하고 친숙하게 타인을 받아들이기는 도시개발 프로젝트라는 이름 아래 흔적도 없이 사라진다.

익숙한 것을 낯설게 하고, 낯선 것을 익숙하게 만드는 계기는 예술만이 아니라 하나의 도시도 배태해야 한다. 도시의 거리는 발레처럼 많은 다채로운 것들이 더불어 조화롭게 시연되는, 인도의 발레(sidewalk's ballet)니까.

누군가가 한국 문화콘텐츠의 발전을 위해 깃발을 들었다. 해리포터 같은 스토리 배출을 위해 손발을 걷어붙이고, 엄청난 돈을 사정없이 쏟아 붓겠다고 단언하는 신문기사가 눈에 띈다. 한 나라의 외교를 책임지고 해외에서는 우리나라 엘리트의 표상이 되는 장관의 딸이 특채되었다는 뉴스가 바로 다음 페이지 기사로 함께 뜬다. 화가 나고, 그 화를 넘어가니 동정심이 든다. 그들의 감정이입능력을 의심하면서, 타인의 감정을 이해할 수 있는 공감능력에 무한한 신뢰를 보낸다. 모든 교육이 감정이입, 동정심 기르기로 가고 그 능력을 측정할 수 있는 도구가 있었으면 하는 생각이 든다. 인간의 미묘한 감정을 객관적으로 측정할 수 있는 도구는 결국 불가능하다면 그냥 그런 동정심과 감정이입능력을 가진 사람이 존경받는 사회를 만드는 분위기라도 만들어야 한다. 이혼하고 실업수당을 받으며 작가생활을 한 조엔롤링은 해리포터를 에든버러 성이 보이는 평범한 커피숍 '엘리펀트하우스'에서 완성했다. 나는 그곳에서 조엔롤링의 자리에 앉아 커피를 마시기보다는 - 한쪽 구석자리 에든버러 성이 보이는 곳이었는데 이미 다른 사람들이 앉아 있었다 - 조엔롤링이 그 커피숍을 드나들고, 자리에 꼬박 앉아 온종일 노트북을 두드리던 느낌을 보고 들으려 했다. 50군데나 해리포터 출판제의를 거절당하며 느꼈던 좌절을 그녀는 마술의 힘으로 대리 복수 했고, 헤르미온느와 론의 정겨움으로 대리 위로 받았을 것이다. 현실 속에서 자신의 몰락을 가상 신세계 구축으로 극복하는데 성공한 조엔롤링의 감정 이입 능력은 에든버러의 고성을 바라보면서 쏟아낸 상상력의 힘이었다.

elephant house

The Elep

Birthplace of

New web

www.elephant

둘째 날, 시간의 탄생 그리고 풍경의 죽음

'공공유아', 혹은 '도덕적 피터팬'

우리는 보통 집이나 마을과 같은 친한 경계를 떠나 공공의 낯선 경계에 들어서면 타율로 움직이는 '공공유아' 혹은 '도덕적 피터팬'이 되곤 한다. 지하철은? 대중교통수단이다. 대중교통은? 대중을 위한 것이므로 무조건 많은 사람을 넣기 위한 공간이다. 사람들은 서로 마주 보지 않고 바깥이나 주변을 응시한다. 한국의 지하철 공간은 넓어 사람들을 배려해준 듯하지만, 그것이 공동체성을 고양하지는 못한다. 장면을 바꿔서 가장 개인주의적이라고 하는 핀란드나 스웨덴의 지하철을 보자. 한 전동차의 좌석에 모두 4명이 앉을 수 있고,

앉으면 서로 마주 보아야 하고, 약간 부담스럽기는 하지만 서로에게 웃음을 지어 보일 수 있는 공간거리다. 관광객처럼 보이면 쉽게 이야기할 수도 있다. 우리나라도 대도시의 지하철에서는 외국인과 관광객을 쉽게 만날 수 있는 시대가 되었다. 그렇지만 서로 이야기하기는 아직 낯설다. 관광객이 주는 하나의 이점은 노마드(Nomad)로서 사람과 사람을 이어준다는 것이다. 일렬로 늘어선 지하철 의자에서는 아무리 관광객처럼 보이더라도 대화에 끼어들어 말을 거들기가, 말 걸기가 우습지만, 2명씩 4명이 마주 보고 앉는 의자에서는 관광객이 1-2명만 있더라도 자연스럽게 이야기꽃이 핀다. 관광객의 본디 특성상 일상의 모든 제약에서 초연하고, 시간에 쫓기지 않아 누구와도 담소할 수 있고, 이해관계에 얽매일 필요가 없는, 일시적이어서 사람들에게 부담이 없는 존재들이기 때문이다. 그들에게 그래서 말을 걸고 예의를 차리고 인간적인 신뢰와 인격을 보이려고 하는 것은 자연스럽다. 두 번 다시 볼 가능성이 없지만, 한국과 나의 이미지를 그에게 각인시킬 수 있다. 관광객은 나 개인으로는 각인되지 않으나, 나는 그에게 전체 이미지 속의 한 부분을 구성하는 존재로 각인될 수 있다. 그것이 관광의 마력이다. 모든 이해관계로부터의 벗어남. 바로 그 이유로 관광객은 사람들의 공동체성을 유지해줄 수 있는 매개체이다. 꼭 내가 만나던 사람과만 만나야 공동체성이 유지되는 것은 아니다. 오히려 그 사회의 관용은 관광객의 내방과 왕래로 더욱 풍성해질 수 있다. 그들은 적어도 일상의 시간에 쫓겨 강제적 리듬 속에 자신을 던져놓은 사람들이 아니다. 시간을 통제하는 기쁨을 느끼는 사람들이 일상을 벗어나려는 여행객들이다.

여행 안에서도 시계를 보고 관리 받는 안정성에 더 익숙한 이들은 여행객이 아닌, 〈시간 환전객〉이다. 한국에서의 바쁜 시간을 이곳 에든버러 여행지에서도 똑같이 바쁘게 지내는, 등가물 교환에 익숙한 환전객일 뿐이다.

시계는 바쁜 사람들이 만들었다. 철저히 심심한 사람에게 시계는 필요 없다. 그러나 시계가 등장하자 심심한 사람들도 습관적으로 시계를 본다. 시계를 보면 다시 자신의 심심함에 죄의식을 느낀다. 시간은 가는데, 나는 왜 심심할까. 시계는 그렇게 강요된 구속을 만들어낸다. 사물은 그냥 물건이 아니고, '의미있는 사물(meaningful object)' 이다. 그 자체가 관계에 접속되는 순간에 권력이 부여된다. 근대적 시계의 발명은 아이러니하게도 범속한 사람들의 일상과는 관련이 없는, 탈속한 성직자에 의해서였다. 13세기 베네딕투스 수도사들이다. 달력은 1년 전체에 걸친 매크로 시간을 규제하는 반면 스케줄은 초, 분, 시간 등 미세한 시간을 통제한다. 그리고 스케줄은 과거가 아니라 미래지향적이다. 베네딕투스 수도사들은 정해진 시간에 모두가 함께 활동을 시작하도록 하기 위해 종을 도입했다. 하루 종일 종이 울려 수도사들의 정해진 일과를 재촉했다. 머리를 밀고, 방혈하고, 매트리스 속을 보충하는 것 같은 세속적 활동도 수도원 내에서는 연간 정해진 시기에 행해졌다. 〈성 베네딕투스의 규율〉에 나오는 다음 대목을 보자.
"형제들은... 정해진 시간에 육체노동을 해야 하고, 또 다른 정해진 시간에 성서를 읽어야 한다. 그러기 위해 매일의 시간은 다음과 같이 정해져야 한다...

형제들은 아침에 일을 시작해야 하고 첫 시간에서 거의 넷째 시간까지 맡은 노동을 해야 한다. 넷째 시간에서 여섯째 시간까지는 성서를 읽어야 한다. 여섯째 시간 후에는 식사하고 난 뒤 조용히 침대에서 쉬어야 한다."

시계는 금욕적 사고의 상징이었다. 바쁘게 살면, 쾌락을 추구하고자 하는 삿된 마음이 사라진다. 일 중심의 사고는 시계 덕분에 가능했다. 시계 덕분에 금욕적 삶을 살게 되고, 궁극적으로 직업중심의 삶을 살게 되면서 근대는 시작된다. 축적이 시작된다. 그 축적의 끝은 시간이었다. 재산의 축적이 결국은 세세생생 이어지는 상속을 정당화시키는 자본주의를 꽃피운 것이다. 이렇듯 시계는 금욕과 직업과 소명을 상징하는 권력으로 근대의 의식을 지배했다.

최초에 시계는 베네딕트 수도사들만 사용했다. 시계는 시간의 길이를 표준화할 수 있게 해 주었다. 수도사들은 시간 길이의 통일된 단위를 확립함으로써 활동 순서를 더욱 정확하게 짜고 집단 활동을 더욱 효과적으로 행할 수 있었다. 그런데 15세기 후반 수도원에서 시계가 도난당하면서 곧 도시 곳곳에 시계가 등장했다. 거대한 시계는 도시 생활을 중심으로 자리 잡았다. 도시의 광장 중앙에 세워진 시계들은 교회의 종을 대신해 도시인들의 복잡한 삶을 인도했다. 마을 시계탑은 도시 자부심의 상징이 되었다. 1481년 프랑스 리옹의 시민들은 시장에게 시계탑 건설을 탄원했다. "더 많은 사람이 축제에 참가해 흡족해지고 행복하게 되면 사람들이 더욱 법을 잘 지킬 것"이라며 시계탑에 예산 지출의 최우선 순위를 두었다(Jeremy Rifkin, 2005).

여행도 이제 짧은 시간에 많은 풍경을 보는 것이 중요한 목표가 되었다.

여행에서 시간을 잘 지킨다는 것은 여행의 '성공'을 보장하는 기본 덕목이 되었다. 자신의 프레임은 사라졌고, 모든 사람이 바라보는 시계탑만 건재하다. 서로 많은 풍경을 보았다고 그 풍경의 분량을 자랑하는 것과 풍경의 모습을 자신의 프레임에 넣고 보는 것. 그 차이는 무엇일까. 그것은 의지와 기다림 사이의 차이이고, 빠름과 느림 사이의 차이이다. 프레임은 운동과 시간을 결합한다. 런던의 한복판에 위치한 한국대사관 앞에서 바람 불어 날리는 먼지는 좌절된 내 마음의 프레임에서 고정된다. 프레임이 인지되는 순간, 날리는 먼지는 느린 동작으로 변화하고 잔상으로 반복된다. 반복된 노출은 기억과 애착을 강화한다. 동시에 반복은 객관화의 가능성도 높인다. 하나의 현상을 볼 때 여러 가지 각도에서 다르게 생각할 기회를 부여받기 때문이다. 바람 불다. 바람 불다. 바람 불다. 계속 바람 불다를 말해보라. 첫 번째 바람 불다와 열 번째 바람 불다는 다른 느낌이다. 첫 번째는 바람이 불다가 두 번째에서는 바람의 모습만 보이고, 세 번째에서는 바람 불다는 말 그 자체로 공명하다 열 번째 가서 바람 불다는 말이 왜소화되거나 다른 연상으로 변화된다. 상은 변하고, 잔상(殘像)이 남고, 다시 상이 변한다. 변화되는 상과 잔상은 반복된다. 상(像)들끼리는 서로 경쟁하고 상쇄되지 않는다. 각자의 의미대로 남을 뿐이다. 그리고 서로 강화한다. 독립적으로 존재하나 상호의존적이다. 각각 매 순간들은 독립적으로 존재하나, 그것의 앞과 뒤, 과거와 미래에 의존한다.

풍경의 찻주전자론.

풍경들끼리 서로 경쟁하는 여행은 다르다. 이 풍경과 저 풍경은 빠르게 지나가지만, 풍경들끼리의 경쟁이 거세지면 낙마하는 풍경도 있게 마련이다. 하나에 하나밖에 생각 못하는 우리의 두뇌는 그런 빠름에 적응하지 못하고 때로는 놓치고 때로는 왜곡한다. 짧은 시간에 많은 풍경을 눈에 박아 넣으려고 함은 창고에 쌓여 있는 앨범과도 같다. 어딘가 있는 듯하지만 접근도 기억도 불가능하다. 그것은 사실 존재하지 않는 것이다. 존재한다고 해도 인지되지 않으므로 존재하지 않는 것이다. 그것은 강요에 의해서만, 의례화에 의해서만 가능하다. 화성과 지구 사이의 궤도를 그리며 날아다니는 러셀의 '도자기로 된 찻주전자론(China teapot)' 이다. 그 어떤 망원경으로도 관찰되지 않지만, 있다고 주장하면 그리고 그것을 반복하고 의례화하면 그것은 존재하는 것이다. 증명되었기 때문이 아니라, 증명되지 않았기 때문이다. 많은 곳을 관광하면 사진은 많이 남을 수 있다. 사진을 통해 기억을 되살리고 다녀왔음을, 부재하지 않았음을 증명하기 위해서이다. 자연스러운 생각과 기억과 흔적으로는 불가능하기 때문이다. 그러나 그것은 똑같이 역으로 그 사진은 우리가 그 장소에 찰나로만 있었고, 때로는 부재했음을 반증한다.

GRAFTON
214
Metroline
OPEN FOR ART
IN HAMPSTEAD

스피드데이트 풍경.

스피드데이트는 많은 사람을 만나기는 하나, 결과적으로는 서로 선택하고 선택되는 확률을 떨어뜨린다. 기회가 많으면 많은 것을 얻을 듯하나, 의도하지 않은 결과(unintended consequence)를 초래한다. 선택은 패러독스다. 기회가 적정하면 선택의 가능성은 높아지지만 어느 시점에서 그것은 막상 선택에 별반 도움이 되지 않는다. 스피드데이트는 한 사람을 2-3분씩 만난다. 만나다 보면 어떤 상황이 벌어질까. 매너도 지키지 않는다. 그 사람과 내가 제대로 맞는지를 확인하기 위해, 그가 내가 찾던 사람인지를 확인하기 위해, 때로는 질문을 마구 던진다. "당신 베지테리언에 관심 있어요?" 뜬금없는 말이지만, 서로 이해한다. 가장 단시간에 그 사람과 맞는 것을 찾아내야 하기 때문이다. 속물들의 말이다. 속물이란 자기 마음대로 작은 어떤 부분을 전체로 보고 그것을 자신의 행동 기준으로 삼는 행위를 말한다. 파트너를 애타게 찾는 사람들이라는 점에서 이해는 가능하지만, 결국 실질적인 선택도 진전도 없다. 그런 간단한 질문으로 인간을 어떻게 알겠는가. '일본 전산이야기' 처럼 밥 빨리 먹는 사람을 회사에 채용하는 문제는 다르다. 회사는 사람을 도구로 쓰는 것이기 때문에 밥 빨리 먹는 척도로 사람을 뽑는 것이 가능하다. 시간 낭비 하지 않는 사람의 척도로 그 회사는 밥 빨리 먹기를 선택한 것이다. (물론 여기엔 화장실 빨리 갔다 오기나 자주 안가기도 당연 포함될 것이다). 그러나 사랑은 사람을 수단으로 대하는 것이 아니라, 목적으로 대하는 것이다. 그 사람을 좋아하는 것이지, 그 사람의 자동차나 재산을 좋아하는 것이 아니기 때문이다. 사랑이 속물적인 것에 지배당하는 시대는 스피드데이트에서 극대화된다.

요즘 한국의 대학생 미팅도 비슷하다. 예전처럼 짝짓기 단계는 없어지고, 그룹팅만 있다고 한다. 그룹으로 만나 그룹으로 놀고 그룹으로 헤어진다. 서로 다들 조금씩 이야기할 기회가 있으니 짝지어질 확률이 높을 것 같지만, 오히려 선택의 확률은 떨어진다고 한다. 그냥 서로 부담 없이 놀자는 것이다. 부담을 싫어하는 개인들은 개인들끼리 노는 것이 아니라 무리지어 논다. 선택되기 싫어하는 심리가 작동하는 것일 수도 있다. 도시는 그렇게 스피드데이트로, 그룹팅으로 변화되었다. 많은 사람이 스쳐 지나가지만 결국 작은 인간적 관계의 맺음은 그 시작을 알기 어렵다. 그룹팅은 무리지어 다니나 개인의 소외감은 더욱 깊어지기만 한다. 그것이 도시의 역설이다. 편하고 부담 없지만, 그 끝에 찾아드는 허전함과 소외감은 인간 주위의 분위기를 지배한다. 그런 지배조차 즐기기를 원하지만….

풍경의 죽음.

롤랑 바르트는 '작가의 죽음' 이라는 글에서 작가의 창작 행위란 모두 기존에 존재하던 텍스트를 재구성하는 것에 불과하다는 점에서 하나의 개성체이자 창조자로서 작가는 죽음을 맞이했다고 썼다. 그러나 작가의 죽음은 주체적인 독자를 탄생시키게 되었다. 다양한 독자가 작품을 제각기 다른 방법으로 해석하면서 이제 작품은 새로운 생명력을 부여받고, 오히려 확대 재생산된다. 이로써 기존의 작가에서 독자로의 소통 방식은, 독자와 작품, 혹은 독자와 작가와의 상호소통방식으로 변모한다. 더 이상 해석의 틀은 존재하지 않고, 정답은 각자의 몫이다.

이제 '풍경의 죽음'을 생각해 본다. 멋진 풍광에 우리 정신은 녹아들지만, 각성은 곧 그 한계를 드러낸다. 주민에게 풍광은 일상이다. 각성 없는 풍광은 자극 없는 사랑(empty love)과 같다. 관광객에게도 풍광은 처음엔 각성으로 다가오나, 그 각성이 오래되면 결국 한계점에 다다른다. 나에게 즐거운 풍광만 멋진 풍광이다. 그 자극을 위해 풍광을 위한 여행은 조금씩, 점차적으로 상승하여야 한다. 그 풍광 사이에 삶과 관계가 개입되는 것이다. 이미 여행가이드들은 경험지식으로 이를 축적했다. 최고의 풍광은 여행 마지막 날 쪽에 배치되고 음식도 여행이 지날수록 그 질이 점점 좋아진다. 그러나 풍경의 해석은 사실 여행객 모두에게 동질적이지 않다. 관광객 모두에게 그 해석은 다르다. 에든버러 항구의 브리태니카호 요트는 멀리 아시아에서 온 관광객과 잉글랜드 관광객에게 서로 다르게 비친다. 브리태니카호의 식당은 그 앞 브리태니카호를 바라볼 수 있는 쇼핑몰의 식당과 별 차이가 없다. 아시아 관광객은 브리테니카호를 바라보는 풍광이 더 중요하다. 15파운드 정도만 투자해도 브리테니카호를 바라보기에 충분하다. 쇼핑몰 식당에서 보이는 에든버러 바다는 브리테니카호 안에서 두세 배가 넘는 가격으로 음식을 즐기는, 그래서 스스로도

WORD of
BAR
TAKEAWAY
BREAKFASTS
LUNCH
MEZZE

여왕의 여름휴가 체험을 즐기려는 잉글랜드 사람들의 체험과는 반대이자 반전의 감정이다. 그래서 이방인에게 풍경이란 풍경과 〈풍경을 통해 나를 바라보는 여행〉이, 이 풍경과 저 풍경을 내 행복의 편익을 기준으로 비교하는 〈경치보기 여행〉보다 더욱 풍요롭다.

여행객에게 도시는 거리의 이미지다. 거리의 상점들과 거리를 걷는 사람들의 모양새가 합쳐지면 거리의 분위기가 나온다. 여행객에게 거리는 그래서 중요하다. 거리에서 걷는 것이 가장 큰 체험이자 가장 자주 있는 체험이다. 그런 거리의 걸음에서 희열을 느끼지 못한다면 여행의 반은 건지지 못한다고 해도 과언이 아니리라. 그래서 공원보다 거리가 여행객에게는 매력적이다. 그리고 거리는 동네 이웃들과 시민이 여행객과 마주치고 정겨운 눈인사를 교환하는 장소이다. 옛사람과 이방인, 친숙한 눈인사와 신선한 눈인사가 교차하는 곳이 거리로서의 본질을 유지하는데도 좋다. 거리에 그런 다양성의 생동감, 이질성의 혼재가 없다면 무슨 향내가 있겠는가. 그 걷는 거리에서 드문드문 마주하는 '우연한 행운(serendipity)' 이 없다면 거리는 얼마나 건조하겠는가. 그래서 거리는 작은 블록들로 이루어져야 한다. 여기저기 작은 골목들이 연결되는 작은 블록들이 끊임없는 볼거리, 소일거리를 제공하기 때문이다. 직선으로 쭉 뻗은 거리는 예측가능하고 밋밋해서 멋이 없다. 아기자기하고 세세한 맛이 없다. 라스베가스의 웅장한 미는 압도적 분위기는 있으나, 이내 질려버린다. 한 번은 우와 하나 서너 번은 그냥 그렇다. 아마 그건 풍경에 각성되기 보다는 갬블에 각성되길 원하는 라스베가스의 기획이리라.

풍경이야기의 양면.

거리의 풍경들은 사람들과 마주하면서 많은 이야기를 배태해왔다. 이야기의 문제는 '우연한 행운(serendipity)의 거리' 가 아니고, '의도적 불운(scourge)의 거리' 도 만들어왔다는 데 있다. 19세기 파리에서 유행하던 모르그 방문이 풍경의 '의도적 불운' 을 잘 반영한다. 진짜 시체들을 전시한다는 점은 사람들의 이목을 집중시키기에 충분했다. 다른 도시에도 모르그가 있었지만 파리에서만 사람들이 커다란 유리 진열장 속에 전시된 시체를 자유롭게 볼 수 있었다. 신문은 여성이나 아이의 시체와 관련된 모르그 주변에 떠도는 소문을 보도했고, 특히 범죄와 관련되거나 풀리지 않는 미스터리로 남은 사건들 보도에 열광했다. 익명성 뒤에 숨겨진 시체들의 이야기는 이들을 특별한 대상인 듯 부각시켰고, 파리의 자유분방하고 선정적인 분위기가 이런 분위기를 더욱 강화했다. 구경꾼들이 모르그에 엄청나게 모여들면 그것 자체가 후속 보도의 주제가 되기도 했다. 이것은 다시 그 시체와 연관된 미해결 범죄 그리고 모르그가 계속 사회의 주목을 받게 만들었다.

그레뱅 밀랍 박물관은 그래서 생겨났다. 파리의 대중언론이 개척했고 광범위한 대중의 인기가 여기에 불을 지폈다. 현실의 구경거리화를 상업적으로 잘 이용한 것이다. 사진이 신문에서 했던 것과 동일한 방식으로 박물관의 전시물은 순간을 포착하여 영구적인 현재와 연결시켰다. 당시에 인기를 누리던 시체

전시라는 내용에 박물관이라는 새로운 형식을 결합하여, 모르그의 구경거리화된 현실을 사실처럼 재현했다. 관람객들은 전시물을 지나갈 수도, 심지어 그 안으로 들어갈 수도 있었고, 다양한 시점에서 전시물과 상호작용할 수 있었다. 속보 형식과 지속적인 전시물의 교체로 신문에서 제시하는 방식 그대로 이동해 갔다. 〈파리는 중심으로서의 지위를 상실한 적 없는 '실제로 있는 장소' 였다. 활기차게 쾌락을 추구하는 군중이 있었으며, 이미지와 글로 친숙한 세속적인 현실의 삶을 감각적으로 재현하는 현대적 오락의 풍경이었다.〉(바네사 슈와르츠, 2006). 풍경의 익명성이 새로운 이야기를 계속 만들어내고 이것이 다시 신문에 실리고, 동시에 관객들은 끊임없이 밀랍 전시물을 보러 가고 그곳에서 다시 그 이야기의 '실재성' 을 확인하고. 끊임없는 반복과 연결은 결국 그것을 '실재' 하는 것으로 만들었다.

인간은 끊임없이 이야기를 갈망하고, 이야기를 소비하고자 애쓴다. '실재성' 도 없고, 실체도 없는 이야기에 매달리는 것이 인간이다. '모르그' 와 같은 구경거리화된 이야기는 19세기 파리에만 존재하지 않는다. 21세기의 풍경도 구경거리다. 박물관과 미술관을 뛰쳐나온 전시들은 거리 곳곳을 점령하여, 대중의 눈길과 발길을 이끈다. 서울만 해도 지하철 역사 내의 곳곳을 비롯하여, 서울시청 광장 같은 공공의 장소에서는 다양한 전시가 끊이지 않는다. 거리를 뛰쳐나온 젊은 작가들은 길거리를 무대 삼아 퍼포먼스를 펼치는가 하면, 젊음이 넘치는 대학로 거리는 연중 길거리 연주와 공연으로 채워진다. 19세기의 '모르그' 는 음울하고 자극적인 소재를 통해 말초 감각을 자극하는 오락으로 기능했다. '모르그' 가 정부기관에 의해 운영되었다는 사실과 '모르그' 를 통해 재생산되는 가십과 이야기들이 많은 대중에 회자되었다는 점은, '모르그' 가 일종의 사회적 관심을 전환하고 때로는 소통의 자극제가 되었다는 아이러니를 갖는다. 그러나 현대의 '모르그' 는 음울함을 걷어내고 더욱 쾌활해진 대신, 상업화의 우산을 뒤집어쓰게 되었다. 군중이 모여들고 집합하는 장소는 마케팅의 공간이기 때문이다. 2008년 칸 국제광고제에서 옥외부문과 프로모션 부문에서 그랑프리를 수상한 "The HBO Voyeur Project" 는 도시풍경을 둘러싼 현대인들의 훔쳐보기에 대한 욕망을 겨냥하고 있다. 인간이 가진 이야기에 대한 갈망과 타인을 훔쳐보고자 하는 욕망을 정확히 짚어낸 마케팅의 산물인 것이다. 사이트의 슬로건은 "아무도 보고 있지 않다고 생각할 때, 바로 그들이 하는 것을 보라!" 였다.

뉴욕시민들은 한날한시에 모여, 거대한 빌딩 벽면에 투사된 타인의 삶을 흥미롭게 지켜보았다. 8개의 방에서는 마치 실제인 듯 각각의 드라마틱한 이야기들(살인, 사랑, 평범한 일상 등)이 눈앞에서 생생히 펼쳐진 것이다. 마치 실제 사람들이 살고 있는 건물의 외벽만 뜯어내, 삶을 들여다보는 느낌을 준다. 개개인의 내밀한 이야기들이 공공의 장소에서 다수의 군중에게 소비된다는 측면에서 HBO의 프로젝트는 현대판 '모르그' 라 해도 손색이 없다. 다만 21세기의 '모르그' 는 '죽음' 대신 '삶의 현장' 을 담아냈고, 군중이 많이 모일만한 장소로 그때그때 모습을 변형하여 찾아갈 수 있다는 이동성이 가미되었다는 점에서 19세기의 구경거리와 차별화된다. 캠페인이 끝나고 이야기가 숨 쉬던

외벽은 다시 차가운 도시의 외관으로 돌아간다. 과연 벽면에서 생생하게 펼쳐지던 이야기들은 어디로 사라진 것일까. 캠페인이 진행되는 동안 HBO는 동일한 주제를 똑같이 재현한 웹사이트를 만들었고, 수많은 사람이 웹사이트를 방문하여 소감을 남기고, 블로그에 많은 이야기를 퍼 나르기 시작했다. 사람들이 이 가상의 이야기에 빠져들어, 마치 진짜 살인사건이 존재하기라도 하는 것처럼 HBO가 만들어낸 이야기를 소비하기 시작했다. 19세기의 모르그는 21세기의 화려한 디지털 화면에서 다시 생생하게 재생된다. 도시를 배회하는 수많은 구경꾼은 21세기의 모르그에 심취하며 그것이 반복되고 확대되어 실재하는 것으로 이해한다.

여행자의 시선과 풍경 읽기.

전체는 전체를 구성하는 각각의 사물 속에서 존재한다. 전체의 흔적은 특수성 속에 있다. "가장 작지만 진정한 일상의 단편은 그림보다 많은 것을 말해준다." 벤야민은 〈악마적인 베를린〉이라는 원고에서 관상학자인 작가 하인리히 하이데 폰 호프만에 대해 다음과 같이 서술하고 있다. "호프만은 특정한 사람, 사물, 집, 대상과 거리 등에서 특별한 것을 지각한다. 여러분이 들어보신 것처럼 얼굴, 걸음걸이, 손 혹은 머리 모양을 통해 그 사람의 성격, 직업, 운명 등을 식별해 내는 사람을 관상학자라고 한다. 호프만은 예언가라기보다는 '자세히 보는 사람' 이다. 자세히 보는 사람이 관상학의 독일어 번역어로 가장 적절할

것이다." 벤야민은 도시 풍경을 통해 도시의 관상을 제시했다. 인간 주체는 도시의 건물들, 건물의 내부 환경과 같은 틀 속에, 인간 실존 양식의 실마리이자 지나온 경과의 표시인 '흔적'을 남긴다. 살아가는 것은 흔적을 남기는 것이다. 모나드로서의 도시는 그 내부에 모나드적 단편들을 포함하고 있다. 벤야민은 도시는 수천 개의 눈과 대상 속에 반영되어 있다고 언급한다. 나폴리의 평범한 교회 속에서도, 사회주의 혁명 이후 모스크바의 공동주택 부근 통나무 오두막에서도, 제국주의의 영광을 기리는 베를린의 높은 기념탑에서도, 파리의 다양한 꿈의 건물들(파사주, 기차역, 박물관)에서도, 도시의 건축물은 도시 관상학자들에 의해 독해되어야 하는, 쓰이지 않은 비밀스러운 텍스트를 구성한다. 도시풍경을 통해 '일상을 범접할 수 없는 것으로, 범접할 수 없는 것을 일상으로 지각하는 변증법적 시각'을 취하는 것이 중요하다. 그것이 특정 부분을 전체로 쉽게 단정하고 마는 〈성찰성 없는 속물〉에서 벗어나는, 진정한 여행자의 시선(tourist gaze)일 것이다.

Britannia

셋째 날, 인간애로서의 자기애

에든버러는 강원도와 제주도를 연상시킨다.

한 시절만 티가 나고 나머지 시절은 을씨년스럽고 썰렁하다. 관광이 주가 되다 보니 사람들에게 질 좋은 직업(decent job)은 생기기 어렵다. 때가 되어 사람들이 오면 잘 대접해 떠나보내면 그만이다. 유목민을 반기는 정주민들이지만, 사실 스스로도 정주의 삶에 안착하지 못한다. 늘 들떠 있는 관광객들을 접하다 보니 정주민의 삶도 영향 받기 마련인 것이다. 타인의 삶과 자신의 삶이 쉽게 비교되고, 삶이 늘 표류하는 것 같은 느낌이 들기 쉽다. 도시의 축제는 거주자의 희생과 여행객의 일탈 선상에서 펼쳐지는 사건들의 연속이다.

에든버러는 어찌 보면 도시 전체가 테마파크이다. 프린지 페스티벌이 열리는 8월이면 더욱 그렇다. 보여주고 인정받기 위한 열정들이 사방에 고구마 덩굴처럼 뻗쳐 있다. 도시의 작은 다방도 작은 공연클럽이다. 맥주 팝들도 공연으로 채워진다. 프린지의 메인 무대에 서지는 못하지만 자기의 음악적, 공연적 자질을 소수의 공감을 위해 현시한다. 골목 한구석의 지하 코미디클럽은 오래 찌든 곳임을 쉽게 짐작한다. 찌든 때와 찌든 냄새가 강하게 동반된다. 그래도 좋다. 웃고 즐기는데 그깟 찌든 냄새쯤이야. 어차피 여름의 백야를 거치면, 겨울 깊은 어둠 속으로 도시는 빠진다. 그 어둠 이전에 냄새를 없애고 청소하는 것보다 더 중요한 것은 우선 즐기는 것이다. 즐긴다는 것은 한편으로는 잊는 것이다. 하나에 몰입하면 다른 하나는 자연히 사라지기 때문이다. 인간 뇌는 동시에 두 가지를 생각하지 못하는 것이 생리이나, 그 두 가지를 동시에 생각하려 하면 심리적 엔트로피에 빠진다. 그래서 걱정이 생기면 그 걱정에 집중하라. 걱정은 걱정하는 뇌와 걱정하지 않으려는, 동시에 두 가지를 생각하려 애쓰는 뇌의 충돌이기 때문이다. 걱정하는 뇌에 집중하면 오히려 안정된다. 물론 인간의 뇌는 걱정거리가 생기면 그 문제를 해결하기 위해 무의식적인 작용도 함께 일어난다. 바로 생존의 법칙이다. 이미 기원전 220년에 아르키메데스가 "유레카, 유레카"를 외치며 목욕탕에서 뛰쳐나오게 한 것이기도 하다. 아르키메데스는 왕이 왕관을 순금으로 만들었는지 여부를 알려달란 요청에 골몰한 나머지 머리가 복잡해지자 쉬려고 목욕탕에 몸을 담근다. 하지만 무의식은 계속해서 그 문제를 풀고 있었다. 아르키메데스의 무의식은 목욕통에서 넘치는 물을 보고 부력을 발견하고, "유레카, 유레카" 라고 외치면서 벌거숭이로 뛰쳐나갔다. 에든버러 도시는 두뇌가 모듈화 되듯, 도시의 구획들이 모듈화 되고 도시인의 행동양식도 모듈화 시킨다. 그 많은 유물과 유목의 다양성들을 모듈화 시키는 구심력 속에서 역사의 구속력을 실감한다.

런던과 에든버러는 영국의 대도시다. 런던은 잉글랜드를 대표하고, 에든버러는 스코틀랜드를 대표한다. 물론 규모야 비교가 되지 않지만, 대도시의 혼종성은 에든버러에서도 여지없이 확인된다. 대도시는 이주민의 도시다. 아프리카계 여인들은 유창한 영국식 영어에 명품가방을 들고 다닌다. 최첨단 브랜드의 디자인은 검은 피부색과 잘 어울린다. 런던에서라면 이것은 더욱 당연한 풍경일 것이다. 그런데 만약 그런 모습이 국제적인 대도시가 아닌, 한국의 춘천 같은 소도시에서 생긴 일이라면 어떨까. 춘천에서의 검은 피부와 명품백, 유창한 영국식 영어는 잘 어울리지 않는다. '명품인간을 위한 아우라' 는 없다. 대도시의 위력은 바로 이것, 시민적 무관심(civil inattention)인지도 모르겠다. 사람들은 서로 흘끗 쳐다보고 지나간다. 살짝 웃으며 쳐다봐준 것이 다행이고, 때로는 고맙다. 그게 또 도시민들이 잘 꾸미는 이유 중의 하나이지 않은가. 서로 잘 아는 작은 마을에서는 아마 낯선 사람을 낯선 표정과 눈동자로 오래 이상한 듯 쳐다볼 것이다. 반면 관용과 시민적 무관심이 결합되면 신경도 별로 쓰이지 않고, 그러면서도 관심과 너그러움으로 관조할 수 있다. 그것이 항속 되는 게 도시의 매력이고, 도시가 적막한 자연으로 둘러싸인 농촌이나

산촌보다 좋은 이유이다.

도시의 거리는 공원보다 우월하다. 공원은 거리에 종속된다. 공원이 거리를 지배하면 거리에서 상점을 기웃거리며 구경하고 단문의 대화를 나누는 도시민의 행위는 주변인의 행위가 된다. '주변 어슬렁거림 금지(No loitering)' 어슬렁어슬렁 거릴 거면 공원으로 가라는 이야기다. 그러나 거리에서의 어슬렁거림이 없다면 도시에 무슨 재미가 있겠는가. 어슬렁거림을 자연스럽게 만드는 거리의 관용이 도시의 건강성이다. 왜냐하면 그것이 없다면 모두 집안에 갇혀 지내야 하는 가택연금의 상황이나 마찬가지이기 때문이다. 인간에게 최소한의 자유는 물리적 움직임의 자유이다. 도시에서는 도시민의 행위가 주역이다. 거꾸로는 주객전도이다.

인간중심 거리척도: 자작마일(birch mile)

에든버러의 왕립수목원(Royal Botanic Garden)은 나무재료로 만든 내복과 신발들이 즐비하다. 그 중 눈에 들어온 것이 자작나무껍질신발(birch bark shoes)과 자작마일(birch mile)이다. birch bark shoes를 신고 걸을 수 있는 거리의 단위가 자작마일이다. 정확한 거리가 있을까? 늘 사람들의 관념은 서로 다르지만, 얼추 짐작되는 거리는 있다. 짧은 거리는 아니고 그렇다고 사람이 못 가는 거리도 아닐 것이다. 일주일 정도 걸으면 그 신발이 다 해지려나? 일주일 정도 걷는 길. 어른과 노인의 걸음, 가벼운 사람과 무거운 사람의 걸음. 모두 다른

Birch Shoes
Scandinavian cultures talk about a 'birch mile'
the distance you can walk in these birch bark
shoes!

생각이어서 그 의미는 모두 다르다. 여기까지 오는데 너의 자작나무 신발을 신으면 3자작마일이다. 내 신발이 세 개가 필요한 거리와 시간이다. 이틀이 걸린다는 말과 내 신발이 세 개가 필요하다는 말은 무엇이 다를까? 나의 입장에서 거리를 잴 수 있는 능력이 생긴다. 이틀이 걸린다는 말은 자동차나 기차를 타고 갈 때야 모든 사람에게 표준이지만, 걸을 때는 다르다. 아이의 걸음으로는 한 달이 걸릴 수도 있고, 건강한 어른의 걸음으로는 일주일에 갈 수도 있는 거리이다. 자작거리라고 하면 일단 나를 중심으로, 나에게 맞는 거리일 것이다. 그러나 상대방에 대한 배려도 있다. "여기까지 오려면 3birch mile 즉 세 개의 자작신발이 필요한 거리야" 그 거리에 맞는 내 몸의 느낌과 수고를 가늠한다. '내 속도로는 열흘 정도가 걸리겠네…. ' 내 몸에 대한 존중이다. 내 신발의 닳음이고 그것은 상대방으로부터 존중받는 시간이다. 자작마일(birch mile)은 그래서 시간이 표준화된 거리가 아니라 나의 몸과 걸음의 질이 개별화된 거리이다. 아이들에게, 청년층에게, 노인들에게 각각 자작거리의 시간은 다르다. 그래서 이것은 또한 인간의 일생을 고려한 시간이기도 하다.

이 자작거리를 보면서 도로의 제한속도를 생각해본다. 요즘 제한속도를 고속도로든 일반도로든 더 올린다고 한다. 제한속도를 올리면 시간도 줄어들고, 차의 퍼포먼스가 좋아지니 연비도 더 개선될 수 있다. 반면에 성능 좋은 차를 가진 외제차 운전자들이야 좋겠지만 자동차를 오래 타며 절약하는 사람들은 교통흐름을 쫓아가지 못해 사고를 걱정하며 운전해야 한다. 교통신호 교차로에서 노란불이 너무 빨리 켜졌다 꺼져버리면 신경반응속도가 느린 노인들은,

그리고 막 운전을 배운 초보들은 적응하기 어렵다. 우리의 교통은 제일 운전을 잘하는 사람들에게 맞추는 것이지, 운전을 못 해 교통사고를 일으키기 쉬운 사람에게 맞춰진 것이 아니다. 물론 사회의 속도야 빨라지겠지만, 위험은 더욱 증대되고 우리의 목숨은 더 쉽게 거리에 버려진다. 자동차라도 인간의 일생을 고려했으면 좋겠다. 초보운전자도 있고 노인운전자들도 많다. 노인용 속도측정계를 따로 만들 수 없다면 오히려 제한속도는 그대로 유지하는 편이 더 인간적이다. 속도의 표준화와 속도의 증대는 개인을 쉽게 무력화시키는 카프카적 상황을 초래하고, 판옵티콘적 파시즘과 친숙한 환경을 제공하기 때문이다.

몸의 확장과 펫 문화 (pet culture).

에든버러에서 지갑과 여권을 잃어버린 후, 예전에 핸드폰을 잃어버렸을 때의 마음 상태와 비교했다. 한국에 돌아와 다른 사람에게도 핸드폰을 잃어버렸을 때의 느낌을 물어봤다. 그냥 감정의 상태가 어떠했는가를 표현하라고 하니 제각기 달라 비교가 불가능했다. 그래서 가상가치 계산법을 적용해 보았다. 가상가치 계산법은 문화유산이나 문화시설 가치산정에 많이 쓰이는데, 그것이 없다고 가정하고 얼마나 많은 가치를 가지고 있었느냐고 반문하는 것이다. 문화유산이나 문화시설의 경우, 당신 지역에 있는 박물관이 가지고 있는 가치는 잘 모르지만, "만약 그 박물관이 없다면 자신의 돈을 얼마나 쓸 수 있겠느냐"

Strathmore
STILL

묻는 것이다. 자신은 박물관에 잘 가지 않지만 그것이 없을 경우 지역에 미치는 이미지가 별로 좋지 않고, 정신적인 유산도 없다는 박탈감 때문에 많은 사람이 적정 수준 이상의 액수를 쓴다. 박물관의 입장권이 비싸다는 것에는 불평하지만, 그 박물관이 없다면 다시 짓는데 얼마를 내놓을 것인가라고 물으면 (실제 내놓는 것은 아니지만 가치를 평가하기 위해서 가정하는 것이다) 대부분 몇십 만 원을 이야기한다. 일인당 그 정도면 대단한 가치이다. 이런 식으로 계량적인 가치를 매기기 어려운 경우 그것이 없을 경우를 상정해 그 감정을 판단한 후 그 감정을 다시 계량화해보는 것이다.

그런 가상가치 계산법을 지갑(물론 돈이 백만 원 들었다고 가정했다)과 핸드폰을 잃어버렸을 때, 이 두 가지의 기분을 비교하는 질문으로 주변의 몇몇 사람에게 물었다. 대답은 의외였다. 핸드폰을 잊어버렸을 때의 가치가 두세 배는 더 컸다. '그런 감정을 다시 겪기 위해서 돈 얼마를 받고 그 감정을 기꺼이 겪겠는가?' 라고 물었을 때 핸드폰을 잃어버렸을 때의 공황상태가 훨씬 심각했다. 핸드폰은 20대의 경우가 중년 경우보다 훨씬 컸다. 3백만원에서 4백만원 정도였다. 중년들 두세 명에게 물으니 비슷한 금액이다. 그러나 중년에게 3백, 4백만원과 대학생들의 3-4백 만원은 서너 배의 감정적 수준차이가 있을 것이다. 특히 핸드폰도 스마트폰화하면서 인터넷을 쓰고, 소셜 네트워킹을 하게 되면서 잃어버렸을 때 그 충격이 더욱 커졌다. 스마트폰의 경우에는 애인이나 친구와의 채팅기록, 메일기록이 모두 남아있어 둘만의 흔적을 공유하는 것이기도 했다. 실제 잃어버린 후 패닉을 넘어 며칠 동안 식음을 전폐했다는 이도 있었다. 펫문화의 지배다. 강아지에서 핸드폰까지 우리 시대는 펫문화에 중독되었다. '아바타' 는 이미 펫문화의 정점을 알리는 것이지, 태동을 알리는 것이 아니다. 기술은 나의 옆에서 내 몸의 일부분이 되었다. 몸의 확장이자, 신경의 확장이다. 사물이 스스로 말하기 시작했다. 사물이 말을 걸어와 나와 관계를 맺고 사랑까지 나누게 되었다. 떠나가면 애인을 잃은 듯 공황에 빠진다. 현금 1-2백만원은 내 핸드폰을 찾기 위해서라면 별것 아니다.

왜 우리는 펫문화에 빠질까. 한국은 왜 다른 나라보다 펫문화에 더 빨리 더 쉽게 더 혹독하게 젖어들까. 한국은 아이폰이 전 세계에서 가장 늦게 들어왔지만, 세계에서 가장 빠르게 보급된 나라였다. 왜 그럴까. 서구는 일찍부터 펫문화에 빠져왔다. 강아지와 애완동물들을 데리고 산책하는 것이 두세 명 함께 조깅하는 것보다 더 일상적이다. 이제 핸드폰은 애완동물과 애정관계를 유지하지 못한 사람에게도 펫의 경험을 하게 해준다. 왜 펫인가. 누군가를 지배하고 싶어서? 애정결핍으로?

어느덧 우리는 가짜를 진짜로 해석하고 거기에 따라 행동한다.

오래된 나의 승용차는 이제 중고의 부서진 승용차가 아니라 나의 애마이다. 그 애마는 사랑하는 동물이 아니라 이미 사랑하는 사람이다. 스마트폰이라 하지만 스마트폰이 반드시 최고의 지능을 의미하지는 않는다. 내가 필요한 일부분의 것을 만족시켜주면 나의 애착물로 충분하다.

로봇이 지능이 가장 높다면 인간이 그런 로봇을 좋아할까? 아이들에게 지적인 로봇을 보여준다면 아이들은 열광할까? 아이들은 지적인 로봇보다는 오히려 손으로 가지고 노는 인형(hand puppet)을 더 좋아한다. 아무런 지적 지능이 없는 핸드퍼핏을 더 좋아하는 것이다. 지적인 로봇이 자신의 반응에 과장해서 반응하면 이내 질려버린다. 때론 무섭기도 하다. 재미가 없다. 그러나 핸드퍼핏은 내 통제력 하에 있고 나의 상상력을 그대로 투영할 수 있다. 어두운 에든버러 길거리의 한구석에서 핸드퍼핏을 열심히 연습하는 아마추어 핸드퍼핏 조종자는 그래서 우리 시대의 펫문화 상징이다. 사람들은 로봇에는 열광하는 듯하지만 이내 또 다른 새로운 로봇을 갈망한다. 반면 핸드퍼핏에는 쉽게 중독된다. 지나가는 사람도 핸드퍼핏의 연기에는 매료되고 오래도록 서서 구경한다.

사람들은 변하기보다는 변하지 않기를 바란다. 내가 쉽게 투영되어 내가 쉽게 믿을 수 있는 존재가 되기 때문이다. 강아지도 그래서 알아서 도둑을 잡아주고 자신의 힘을 과시하는 개보다는 내가 시키고 나의 야단에 무서워하기 때문에 더 애착이 간다. 인간이 가장 열광하는 것은 자신을 무한대로 도와주고 챙겨주는 로봇이 아니라 바로 자기 자신이기 때문이다. 나르시시스트, 자기 자신이 로봇이 된다면 그것이 가장 원하는 상태이다. 인간은 아이 시절 자신의 모습이 비친 거울을 보고 자신의 모습에 열광하는 유일한 생물이다. 가장 발달한 유인원인 침팬지도 털 고르기(Grooming)로 관계를 유지하고 복원하는 능력은 있지만, 거울에 비친 자신의 모습에는 별 관심이 없다. 거울에 자신이

비쳐도 그냥 물끄러미 바라볼 뿐, 행동이 그대로 거울에 나타나도 관심이 없다. 그러나 인간은 가짜인 자신의 모습에 스스로 반하는, 그래서 그 거울에 비친 비물질적이고 빛의 조형물일 뿐인 자신의 모습을 진짜 존재하는 것으로 믿는다. 가짜를 진짜로 간주하고 실제 그렇게 행동하는 건 오직 인류뿐이다.

기술이 확산되는 과정도 비슷하다. 기술 그 자체의 실체와는 사실 관련이 많지 않다. 로저스는 확산이론에서 기술이 고급일수록 확산되는 것이 아니라 사람들에게 잘 맞는, 쓸 만한 기술이어야 확산된다고 주장한다. 아무리 기능적으로 우수해도 인간이 쓰기에 너무 어려우면 채택되기 어렵다. 물론 최첨단 물건을 잘난 척하며 쓰는 사람이 있긴 하나 그것이 기술적 확산을 보장하는 것은 아니다. 최첨단의 날카로운 칼끝은 제대로 쓰지 못하면 베인다. 그런 날카로운 칼은 고수의 주방장이나 쓸 수 있지 보통사람들은 쓸 수 없다. 보통사람들에겐 적절한 칼날이면 된다. 적정한 안정성이 보장되어야 한다. 쓸 만한 기술이란 그럼 무엇인가? 그것은 사회적으로 규정된다. 기술은 사회적으로 선택된다. 그래서 기술은 그 성능과 기능의 우월함을 따지기 이전에 인간적이어야 한다.

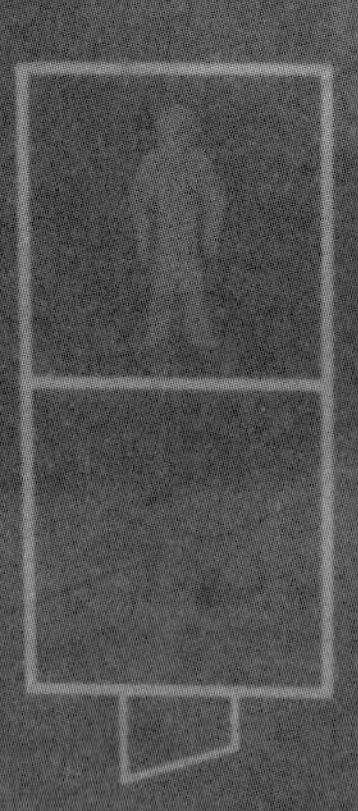
PEDESTRIANS
push button and wait
for signal opposite
WAIT
wait
cross
with care

넷째 날, 주변자의 성공방정식

여행객의 일주일.

여행객이 한 도시에서 일주일을 보낼 때 그 일주일은 여느 다른 일주일과는 다르다. 그 이유는 내가 머물고 보는 도시의 삶의 모습은 내가 본 도시의 개수와 별개이기 때문이다. 물론 그 일주일의 모습을 굳이 내가 그대로 간직하려 애쓸 필요는 없다. 거리의 사람들과 도시의 거주민들과 인간관계를 형성하기에는 너무 짧은 시간이다. 그래도 자그마한 가게에 들러 그 거리의 역사를 알고 흔적을 간직한 사람들과의 짧지만 정겨운 대화들은 삶에 위로가 된다. 이렇게 에든버러에서의 일주일은 기대로 시작되었다. 거리의 눈 마주침을 통해 얼마나 많은 대화가 오갈까라는 기대였다. 그리고 그 기대는 충족되었다. 무턱대고 들어간 작은 가게들은 작은 잡담의 공간이었고 작은 공감의 편대였다.

우리 동해안의 7번 국도는 이미 사라졌다. 물론 물리적인 국도는 여전히 그대로 존재하고 있지만 그 거리를 오가는 사람들의 삶과 기억들은 사라졌다. 공간은 있지만 사람들의 생활과 흔적이 없다. 사람들이 없으므로 기억마저 없다. 걸어가며, 운전하며 마주치는 가게들은 텅 비어 잠겨 있고 폐가로 쇠락하고 있다. 교차로에서 반갑게 만난 작은 가게는 가까이 가보면 거대자본의 부속물이다. 수십 년을 지키는 가게주인은 간데없고 편의점 아르바이트 종업원은 아무런 기억도, 기억할 것도 없다. 그냥 아르바이트에 지쳐 다른 이의 인생을 그냥 넘겨짚는 망상자도 '멍상장' 에 불과하다. 동해안 걷기는 순례가 되어 버렸다. 자동차는 보편화되고, 국도는 사라지고, 그러면서 걷기는 순례라는 이름으로 신성화되었다. 오래 걷기가 드물고 그 드문 것에 생명을 부여하려 애쓰는 사람들을 높여 부르는 낱말들. 그런 순례자들에게 작은 동해안 국도의 동네 가게는 제주도의 삼다수 물을 건넨다.

에든버러는 왜 그랬을까. 작은 가게에, 많은 기억의 흔적에, 수없이 많은 짧은 대화에 웃음까지 함께 있었을까. 그들은 왜 피곤한 기색 없이 그 오랜 시간을 거의 같은 말을 반복해야 하는데도 반갑게 방문객을 맞아주는 걸까. 마음에서 우러나오는 것일까, 투철한 장인정신일까. 60대의 작은 액세서리 가게의 주인

할머니는 서비스교육에 피곤해하지는 않았을까. 매일매일 가게를 들르는 사람들이 늘 웃어 보이면 웃고 싶지 않을 때도 있을 텐데. "에든버러의 역사와 전통을 멋지게 보여주고 싶다." 이 작은 동네 이야기들은 할머니의 외침으로 들린다. 나는 읊조린다. '내가 이 동네에서 이 많은 작은 가게들에서… 당신들의 행복을 사고 싶다.'

스쳐 지나는 풍경은 그것을 볼 때는 모르지만 지나가면 바로 기억에서 사라진다. 스튜어디스의 건조하고 기계적인 미소처럼 스쳐 지나는 풍경은 사람들의 기억에서 쉽게 멀어진다. 풍경은 이제 관광이 아니라 순례의 대상이 되었다. 그만큼 풍경은 관광으로 나아갔고 작은 풍경들을 즐기는 것은 신성화의 단계에 접어들었다.

통영의 동피랑은 벽화가 만발했다. 애초에는 지역을 살리자는 것보다 그냥 재미로 했건만, 벽화 덕분에 관광이 활성화되면서 지역을 살리게 되었다. 그렇게 되는 줄 알았다. 그러나 동네 사람들의 삶은 관광객과 분리되고, 그러면서 자신의 자아와도 분리된다. 지금 삶과 예전의 삶은 달라졌다. 가게를 할 수도, 평화롭게 살 수도 없는 어정쩡한 상황이 되었다. 인간의 얼굴을 한 새로운 문화 개발이라고 생각했었는데. 순진한 아기의 얼굴 같았던 벽화들도, 아무 힘도 없을 줄 알았던 그림도 때론 사람들을 모은다. 동피랑에 만발한 벽화가 내는 소리를 듣고 찾아온 관광객들은 동네 사람들에게 '생활의 불편' 이라는 - 뜨거운 여름 웃옷도 못 벗고 에어컨도 없는 좁은 집에 방문을 꼭 닫고 있어야 하는 - 폭력을 행사한다. 그림을 그린 화가들과 관광객의 결합은 의도하지 않은 결과들을 낳는다. 그런 결과는 동피랑을 사는 주민의 삶을 주름지게 그러나 애매하게 다시 빚어낸다.

잘 튜닝된 오토바이의 저음은 타악기 소리와 비슷하다. 멋진 음성들이 모이면 오케스트라처럼 거리의 분위기를 뒤바꾼다. 그러나 그런 오케스트라는 살아가는, 살아가야 하는 주민에게는 소리의 폭력이다. 아침부터 밤까지 그 강요된 오케스트라의 음악을 듣게 되면 적응되어 살아갈 만한 것이 아닌 일생의 응어리로 남는다. 할리데이비슨 같은 세계적인 회사의 오토바이 회사 주식이라도 사면 마음이 편해지려나. 현대건설의 공사장 소음도 현대건설 주식소유자에게는 예쁜 자장가 음악으로 들린다고 하더라. 예.쁘.게.들.린.다.
관광객에게 산야와 논밭은 예쁜 풍광이지만, 그곳에 사는 주민에게는 고역과 삶의 흔적이 스며든 곳이다. 같은 풍경이지만 정반대의 다른 느낌이다. 이럴 때는 돈을 내고 관광을 한다 해도 공정하지 않다. 이런 건 편익으로 계산될 수 없는 것들이다. 삶의 질은 계량화된 행복지수로는 측정 불가능하다. 당신은 당신 부모와의 인연을 돈으로 환산할 수 있는가? 당신의 애인과 부인과 아들의 인연을 어떻게 돈으로 환산하는가? 돈의 가치로 환산함은 객관적인 듯하나 그 어떤 행위보다도 임의적이고 자의적이다. 예를 들어 담배는 시각에 따라 인간에게 엄청난 편익이 될 수도 있다. 담배로 인해 사람이 일찍 죽는다면 늙어서 오는 병고와 치료비를 따질 필요가 없지 않은가? 그래서 편익적 사고는 생명 기반의 감성적 사고를 밀어낸다. 인간의 숙고(熟考)와 숭고(崇高), 그리고 이해(理解)를 저만치 밀어낸다. 비록 이방인이었지만 여기서 함께 살아가다 보면 이주민이 되고 거주민이 되고 시민이 된다. 이방인과 이주민의 공정함. 이 마을이, 이 도시가 좋다는 것은 풍광이 좋고 내가 행복해서 좋은 것보다는, 더불어 살만한 마을이기 때문에 좋은 것이다. 도시의 속성은 그렇다. 도시는 많은 사람이 촘촘히 함께 모여 사는 곳이다. 그곳에서 개방과 관용이 줄어들고 개인의 행복만을 추구한다면, 사유지의 봉건시대 봉토 정도가 맞는 개념일 것이다. 사람 속에서 길을 만들어야 한다. 도시민은 이웃(city neighborhood)이어야 한다.

실력 있는 동네의사들에게 물었다. "노인들을 치료하는데 할인해서 반값만 받으시오. 노인들에 대해서는 진료비를 그만큼 지급하지 않겠소." 이런 요청에는 아무도 하려 하지 않는다는 실험보고가 있다. 같은 노력을 들이는데 다른 보상을 받는다면 당연히 '건강한 젊은 사람들' 만을 환자로 받아들이고 노인들은 기피할 것이다. 이제 다르게 요청해 본다. 아예 "돈을 하나도 받지 않고 자원봉사 하시오." 그랬더니 선뜻 많은 사람이 나서겠다고 한다. 자신의 봉사를 통해 자신의 명예를, 뿌듯한 이웃사랑을 실천하는 마음속 느낌을 존중한다. 할인된 가격보다 자신의 봉사가 더 가치 있게 느껴진다. 시장규범과 사회규범이 자신의 독립성을 유지하면서 적절히 조화를 이루는 것이 그냥 뒤섞여 있어서 구분하기 어려운 것보다 훨씬 좋다. 그게 공정하고 공정한 것이 우월하다.

CAPITAL CARTRIDGES
Refill Your Ink &
Toner Cartridges
Here
Culverwell
FOR
No.1
CHINESE
I
LEITH

OF SCOTLAND
0844 545 8252
DR FAUSTUS
THE CHANGELING
JACOB'S LADDER
PRODUCTIVITY
CLINT'S
THAT MOMENT
STRUTS AND FRETS
54
Robbie Wakes
Two Brothers and One World Cup
BUNNY
LOVE
Blackout
FOLLOW

어떤 사람이 직장을 가지게 되었다. 엄마의 생일에 무엇이 좋을까 고민하다가 미역국을 끓여 드리기보다는 용돈 드리는 것을 더 좋아할 것 같아서 그렇게 하기로 한다. 엄마 생일에 엄마에게 용돈을 주는 것과 미역국을 해주는 것의 차이는 무엇일까. 용돈을 주는 것은 일상이고, 미역국을 끓여주는 것은 이벤트다. 예전에는 미역국이 생일날의 모습이었고, 지금은 용돈이다. 그 돈으로 자신이 하고 싶은 것을 하게 하는 것이 엄마에게 더 행복하기 때문이다. 옛날에는 용돈이 희귀한 이벤트였다. 지금은 직접 요리한 미역국이 이벤트다. 시간을 따로 내어 요리하기보다는 맛있는 것을 사먹는 것이 더 나아 보인다. 우리 가족들끼리 요리해서 먹으면 요리하는 과정에서 즐겁고 나름대로 취향에 맞는 요리를 할 수도 있다. 그렇지만 선택할 수 있는 가능성은 더 줄어들 것이다. 레스토랑에 가면 많은 종류를 두고 내가 좋아하는 것을 그때그때 고를 수 있지만, 함께 무언가를 만드는 과정에서의 기쁨은 얻을 수 없다. 자본주의의 분업화는 선택의 자유를 가져옴과 동시에 유대의 끈은 느슨하게 만들었다. 그렇지만 하나로 지배되지 않는 것이 좋다. 너무 묶여 있는 것도, 너무 펼쳐져 있는 것도 맞지 않는다. 내적인 통합성과 외적인 연계성은 적절히 균형 잡히는 것이 좋다. 하나로는 안 되고, 하나가 또 다른 하나를 지배해서도 안 된다. 이 둘이 같이 가야 한다.

에든버러의 주변자적 슬픔

영국의 전쟁에 나가고 스코틀랜드 인으로 죽다.

에든버러성이 고태스럽고 웅장한 자태를 가진 것은, 그것이 화산으로 인해 사람들이 올려다볼 수밖에 없는 곳에 위치해 있어서이기도 하지만, 많은 애절한 스토리들이 에든버러성에 녹아 있어서이기도 하다. 외면의 아름다움과 내면의 성찰이 연결되면 왜 더 아름다워 보일까. 아마 그것은 서사가 있기 때문일 것이다. 희대의 미인이 철학을 한다면, 우리는 그녀에게 이야기가 있을 거라고 생각한다. 사람들은 이야기에 매료된다. 스코틀랜드인은 자신들이 스코틀랜드 사람인 줄 알고 살아왔다. 스코틀랜드는 원래 자기 땅이었다가 잉글랜드에게 빼앗기고 다시 그 잉글랜드에 복속되어 세계 일차, 이차대전에 나가 영국인으로 싸웠다. 싸워서 죽으면 스코틀랜드인으로 묻혔고 에든버러성에 이름을 남겼다. 스코틀랜드를 위해 싸우다 죽은 영웅들은 모두 에든버러성과 관련이 있다. 그 안에서 싸우다 죽든가, 죽어서 그 안에 이름을 남긴다. 그래서 에든버러 성의 웅장함 안에는 잉글랜드와의 화친을 위해 정략결혼을 해야 했고, 성 안에서 신혼과 전쟁을 함께 보내야 했던 공주의 운명이 동거하고 있다. 스코틀랜드의 운명은 대영제국이라는 거대한 국가의 한 부분의 운명이었고, 서러움과 미세한 핍박으로 회유되었다. 에든버러성의 자태는 그 서러움을 씻어내려 애쓴 흔적의 자태인 것이다. 이런 과거를 상상하는 것은 끔찍하지만,

그 상상이 어렵지만은 않은 것은 아마 과거 우리의 처지도 그와 유사한 점이 있었기 때문일 것이다. 덕혜옹주처럼 사라져 간 공주들은 나라의 한을 보듬고 용기 있게 한 인생을 살아내었고 그런 정신들과 용기들이 지금의 우리들을 관통하고 있을 것이다. 그런데 만약 우리가 그런 용기 없이 복종하며 살았다면 어찌 되었을까. 상상하기도 싫은 일이다. 독립운동가들의 희생에 다시 한 번 고개 숙인다. 우리 민족의 순박함 속의 강인함이 고맙고도 자랑스럽다. 어디 가나 영국국기와 스코틀랜드국기가 함께 걸려 있는 스코틀랜드, 세계적으로 통용되지도 않는 자기들 지역만의 화폐를 만든 스코틀랜드, 그들의 순박함과 성실함이 앞으로의 역사를 어떻게 바꿀지는 아무도 모른다. 대영제국에 만족하고 살면 될 것을 왜 스코틀랜드인들은 굳이 스코틀랜드를 고집하느냐며 세계인의 모양을 추구하는 이도 있겠지만, 여기에는 그들만의 이야기를 가져온 역사를 그들의 자손들에게 전하고 싶어 하는 가족적이며 생리적인 이유뿐만 아니라, 민족의 우수성을 지속시키려는 이유가 있다.

속성이론(attribute theory)이란 것이 있다. 비슷한 사람끼리 비교도 더 잘 되고 그래서 경쟁도 더 격화된다는 이론이다. 물론 비슷한 사람들끼리 매력도 더 많이 느끼는 것이 사실이다. 그러나 사촌이 땅을 사면 배가 아프고, 유유상종이라는 말이 공존하듯이 비슷함은 협력이나 경쟁의 국면에서 각각의 성격을 강화시키는 경향이 있다. 나라도 비슷하다. 비슷한 문화권의 나라가 비교된다. 우리도 중국과 일본에 대한 경쟁심이 미국이나 유럽에 대해 갖는 경쟁심보다 더 크지 않던가. 비슷한 문화권이라 더욱 그렇다. 속성이론은 사람들이

다른 사람이나 그들 스스로의 행동을 다른 사물을 통해 설명하는 이론이다. 이 이론은 개인이 사건에 대한 원인을 어떻게 해석하는지, 그리고 이런 인지적인 개념이 조직에서 유용성에 어떻게 영향을 미치는지를 탐색한다. 〈Predictably Irrational〉이라는 책에서 저자 댄 에리얼리는 얼굴 사진 실험을 통해 사람들이 비교에 얼마나 약하고 비합리적인가를 보여준다. 인간은 비교할 대상이 있을 때 좀 더 선택을 잘하는 습성이 있다. 따라서 만약 비슷하지만 외모의 수준이 약간 다른 얼굴 두 개와 완전히 다른 느낌의 얼굴 하나가 있다면 인간은 일반적으로 비슷한 얼굴 두 개 중 우월한 외모의 얼굴을 선택한다는 것이다. 이 실험은 얼핏 비교 대상을 잘 잡아야 한다는 교훈을 주는 듯하다. 그러나 그 비교 대상은 나의 행복을 앗아갈 수도 있지만, 거꾸로 나를 전투적으로 만들어 더욱 발전시킬 수도 있다.

우리가 방문했던 8월 19일 그날의 에든버러 성은 관악팀의 실내악 공연이 있는 날이었다. 팔월 중 세 번만 공연한다는데 오늘이 바로 공연이 있는 날이었다. 우연한 행운이다. 그 '유명하고도 식상한' 에든버러 페스티발의 랜드마크 공연인 밀리터리타투 공연에 참여했던 군악대 소속멤버들 중 5명이 에든버러 내 그레이트홀에서 연주를 한다. 실내악은 웅장한 오케스트라나 매스게임보다 훨씬 더 인간적이다. 공연자와 관객의 거리가 좁아 흡사 우리의 마당극 같고, 소극장공연 같다. 실내악이 간직한 특유의 아우라는 사람들에게 더 많은 인상과 의미를 남긴다. 다섯 명의 공연은 대단했다. 관악공연으로 바순부터

트럼펫, 오보에까지 절묘한 조화를 이룬 이들 다섯 명의 퇴역군인들은 칼과 창의 살인 무기로 실내 장식과 예술적 문양을 만든 그레이트홀에서 따뜻한 실내악을 뿜어냈다. 그것도 무려 사십오 분간이나 그 힘든 관악기를, 그것도 퇴역하고 중년에서 장년으로 가는 군인들이 말이다. 그런 능력과 실력으로 관악기 실내악 협연을 듣기란 정말 드문 일이다.

트럼펫, 바순이 홀에 울려 퍼지면서 수백 년 전 이곳 에든버러 성의 군악대 모습이 교차된다. 인간의 이성적 혼을 빼앗고 신이라는 이름으로 모든 살인을 정당화하도록 애쓰던 소리의 조작꾼 군악대. 그런 군악대가 싸움으로 점철된 역사 속의 에든버러 성에서 즐거운 '농담' 의 행복을 담은 우아하고 산뜻한 유머레스크를 지금 연주하고 있다. 아이들이 즐거이 박자에 맞춰 손뼉을 치고 사람들은 작은 움직임으로 화답한다. 바로 옆, 홀 벽면의 살인무기들과 관악실내악 공연의 병존은 친숙한 것을 낯설게 만들고 낯선 것을 친숙하게 만드는 예술의 자리를 다시 떠올린다.

에든버러의 후방추리(backward induction), 한국의 후방추리

영국의 튜더 왕가를 세운 헨리 7세는 딸 마가렛을 당시 스코틀랜드 왕 제임스 4세와 혼인시켰는데, 이는 상대 국가에 세력을 뻗기 위한 정략결혼이었다. 에든버러 이야기는 그렇게 탄생되었다. 그래서 에든버러는 귀족을 위한 도시다. 에든버러는 구백 년 전의 도시가 '구도시' 이고 삼백 년 전의 도시가 '신도시' 다.

봉건귀족의 땅이 봉토로 남아 부동산 재벌로 변신한 현대판 귀족들이 여전히 부유하고도 폐쇄된 생활을 하고 있고, 노예들이 살던 구백 년 전의 지하도시에서는 하층민들이 아직도 살고 있는 도시 에든버러. 길조차도 귀족들이 다니던 길 로열마일(Royal Mile)과 농노들이 다니던 이름 없는 길로 나뉘었던 나라. 지금 로열마일은 에든버러의 중심이고, 이곳에서 세계적인 공연축제 프린지페스티발의 공식 거리공연이 열리고 있다. 세계 모든 곳의 공연인이 와서 열정을 뿜는, 다양성의 상징 거리가 된 것이다. 이전에 이곳이 폐쇄와 단절의 역사를 상징하던 거리였다는 것을 떠올려 보는 것만으로도 감동을 느낄 수 있다. 로열마일 거리에서 열리는 프린지페스티발의 프리뷰 거리공연은 역사의 극적인 반전을 상징하는 듯하다. 프린지는 외곽이고 주변이다. 그런 외곽과 주변인들이 모여 로열을 구성한다는 것. 이것이 곧 역동이고 감동인 것이다. 대부분의 유럽 도시들은 여태까지도 귀족들의 도시로서 중세의 전통에 묶여 있다. 에든버러 또한 하마터면 예쁘고 잘 정돈되고 역사의 향취가 느껴지는 그 많은 유럽의 도시 중 하나로, 어느 다른 유럽의 도시처럼 멋진 고성 정도가 가장 큰 광고효과를 가진 한 도시로 전락할 뻔했다. 그러나 에든버러는 그런 특징 없는 도시에 머물지 않고, 프린지라는 낯선 이름으로 '다이내믹 에든버러'를 만들어내었다. 의도하였건 아니었건 대단한 후방추리였다.

에든버러를 가기 일 년 전 경기도 포천에 다녀왔다. 포천 하면 막걸리와 이동갈비, 그리고 군부대를 떠올리던 나에게 포천의 채석장은 의외였다. 70년대

BULMERS
assembly
BULMERS
BULMERS
assembly

돌을 캐던 거대한 석산의 깨진 '흉물 덩어리'가 멋진 관광지로 변화되어 있었다. 주민에겐 지역의 이미지를 버린다고 제발 없애주었으면 하던 지역 최대의 '약점' 채석장이 자연누수로 형성된 호수와 잘 어울리면서 멋진 장관을 펼치고 있었다. 한국에 이런 것이 하나쯤 있는 것은 정말 괜찮다. 빗발이 날리는 평일에 갔었는데도 몇몇 아베크족들이 즐겁게 채석산을 배경으로 사진 찍는데 여념이 없었다. 포천 시는 이런 채석장의 잠재성을 지역발전의 계기로 삼으려고 많은 계획을 짜는 듯했다. 수십 년 전 어떻게 하면 '효과적으로' 없앨 수 있을까 하던 고민이 정반대의 고민으로 변해버린 것이다.
군산도 비슷하다. 군산이나 군산항구 쪽을 가본 사람들이 늘 이렇게 수십 년을 변하지 않는 낙후된 지역이 있던가 하던 말들이 요즘에는 판이하게 바뀌었다. 그들이 하나같이 하는 이야기가 있다. "야, 거기서 옛날 영화 찍으면 끝내주겠던데…." 그런데 공교롭게도 군산시가 그런 예전의 풍취를 지니고 있는 지역을 허물지 않고 보존하며 새로운 산업시대의 유산으로 삼겠다고 한 것이다. 군산이 아닌 다른 어느 지역에서도 맛볼 수 없는 1930년대부터의 유산…. 군산은 변한 것이 없건만 사람들의 눈은 10년 만에 정반대의 시각을 갖게 되었다.

상황이 변함에 따라 사람들이 세상을 보는 눈도 달라지는 것이다. 이런 사고방식을 후방추리, 백워드인덕션(backward induction)이라고 한다. 현재에서 미래로 나아가며 실천하는 것이 아니라 미래 상대방의 행동을 예측한 후 현재 자신의 행동을 선택하는 시간 역순의 사고방식이다. 채석장이, 산업시대의 건물이 미래의 언젠가 희소자원이 되어 적절히 활용될 수 있다는 확장된 사고가 기존의 '흉물' 을 '유물' 로 탈바꿈시킬 수 있었던 것이다. 물론 그것이 애초에 의도되지 않았을 수도 있었겠지만.

어느 점심자리. 회의에 이어 신망이 두터운 분과의 식사 자리였다. 얼마 전 전남 신안을 다녀왔다고 한다. 천혜의 자연환경과 풍광을 자랑하는 신안이었지만 육지와 다리로 연결되고 나니 많이 변했다는 것이다. 좋은 쪽이 아닌 부작용 쪽으로 말이다. 이유인즉슨 관광객들이 다리가 있으니 숙박도 하지 않고 자동차로 쭉~ 겉핥기로 보고 그냥 가버린다는 것이다. 그래서 오는 사람들은 늘었지만 오히려 관광수입은 많이 줄었다고 한다. 지역주민의 염원이었던, 지역발전의 최대의 약점이었던 고립을 없애준 그 '다리' 가 오히려 결과적으로는 독이 되어 버린 것이다.

사실 사람들은 그 멋진 신안의 풍광과 함께 '섬' 이라는 곳의 아우라를 느끼고 싶어 신안에 간다. 그런데 세상과 분리되어 휴식을 취하는 곳으로서의 '섬' 은 사라져버린 것이다. 사람들은 신안에서 섬의 풍광을 느끼고 싶어 방문하지만 이제는 더 이상 아니다. 배를 타고 섬에 내리고 그리고 세상과 단절된 나를 안고 신안의 하늘을 보며 잠들고…다시 깨어 신안을 하나하나 훑어보고 배를 타고 육지로 돌아오는 나. 이제 신안은 '개발' 이라는 모토 때문에 섬의 체험이 아닌 한나절 관광지로 인식될지도 모를 일이다. 자신들이 스스로 갖고 있던 섬의 거대한 아우라를 관광객들을 묶어두기 위해 새로운 체험프로그램으로

Edinburgh Coach Lines

대체해야 하는 아이러니한 상황이 도래한 것이다.

강원도 화천도 색다른 사례다. 아마도 30을 넘은 남자들에게 화천은 향수가 서린 곳일 것이다. 고개 너머 굽이굽이 찾아서 들어가 군에 근무하는 친구나 아들을 면회하러 간 곳. 호수도 좋고 산세도 수려하건만, 그리 마음 편하게 찾아가는 곳만은 아닌 그런 곳이 화천이었다. 그렇지만 아름다운 풍광을 보면 좋았고 또 제대하는 그날 기쁨을 누렸던 곳도 화천이었다. 그렇게 화천은 군과 떨어질 수 없는 곳이었다. 화천의 지역경제를 말할 때도 군부대란 이미지는 실재했다. 화천의 식당, 가게, 주택 등은 대부분 군인들과 연결되어 있었다. 주말이면 휴가와 면회 나온 장병들이 빽빽이 식당과 여관을 메우고 도란도란 이야기꽃을 피웠던 곳이다. 그래서 이야기꽃이 피는 냇가의 花川인지도 모르겠다.

그런데 화천이 완전히 변했다. 화천은 이제 산천어의 고장이다. 군부대이미지는 사라지고 산천어라는 청정이미지로 바뀌었다. 지역경제도 위기로부터 벗어나기 시작했다. 군부대가 이전하면서 초토화된 지역경제는 산천어라는 새로운 소재로 지역경제의 부활을 알린다. 산천어축제 7년째. 매년 한겨울 산천어축제 때만 되면 화천에 들어가려는 관광객들로 화천 진입로가 수 킬로미터나 막힌다. 관광객은 짜증이지만 지역주민에겐 고마울 따름이다. 그렇다면 도대체 무엇이 인구 2만 4천 명의 작은 마을도시 화천을 이렇게 갑자기 변화시켰을까.

사실 그건 갑자기가 아니다. 외지인들이 어느 날 보니 이미지가 변해있어서

'갑자기' 였을 뿐이지 차근차근 쌓아올린 금자탑이다. 화천에는 자원이 없고 헝그리정신이 있기 때문에 성공했다고 우스개로 말하는 이도 있지만, 사실은 많은 요소가 어울려 그 성공을 이루어냈다. 그중 가장 크게 눈에 띄는 것은 역시 지역민들의 의지와 파트너십이었다. 한번 해보자는 의지로 똘똘 뭉친 공공부문의 리더들과 지역발전의 의지에 찬 선각자 그룹들이 변화의 주역들이다. 지역 끼리끼리라는 폐쇄적인 태도 없이 지역발전에 도움이 된다면 무엇과도, 누구와도 함께 한다는 관용정신도 한몫했다. 사실 이런 태도는 지역발전에 아주 중요하다. 대부분 지역이 정체하거나 위기가 닥치면 지역발전의 요구도가 높아진다. 그런데 이 상황에서 지역민들이 자신이 가지고 있는 기득권을 놓지 않으려 하면 결국 그 덫에 자신이 걸리고 만다. 따라서 기득권을 버리고 새로운 것을 이식하기란 쉽지 않다. 그런 의지의 재(在)와 부재(不在) 사이에서 경쟁력 차이가 생기기 마련이다. 산천어는 화천 것이 아니다. 나비도 함평 것이 아니다. 그러나 지역민의 꾸준한 노력 덕분에 이제 산천어는 화천 것, 나비는 함평 것이 되었다.

화천은 자원이 없는 지역의 재생이 어떠해야 하는가를 보여주는 교과서 같다. 소수의 창의적 리더들과 그들의 관용정신 그리고 지역주민의 동참을 이끌어내는 다양한 기술들. 물론 지역이 지속적으로 성장하는 것은 또 다른 문제이긴 하다. 많은 지역이 반짝 발전하다가 엎어지기 때문이다. 그러나 화천 사람들은 초심을 잃지 말자고 서로 반성하고 격려하는 모습이다. 그런 격려들이 시스템으로 잘 만들어져 지역발전을 장기화시킬 수 있다면 지역을 기반으로 발전하는 한국의 미래상도 기대할 만하다. 작은 지역들이 하나하나 발전에 성공하면 결국 그것이 한국 전체의 발전이기 때문이다.

ally brilliant
e venue
KILT
OUTFITS
ROME
div

ttishexperience.co
EDINBURGH
I ♥ SCOTLAND
I SCOTLAND
SCOTLAND
SCOTLAND
730Ld
SJ07 ODW

Tel: 0151 448 0043
FE07 UJG

성공 뒤의 메마름 .

성공 뒤에 따라오는 빈부의 격차. 관광에서 돈을 번 사람들과 벌지 못한 사람들. 반목, 갈등은 지속되고 여기에 왜 의식은 이런 변화를 따라가지 못할까. 정의와 공동체의 부재, 개인의 행복만능주의, 모순된 것을 잘 껴안는 관용의 부족 때문이다. 너무 몰입하고 너무 가까이 가면 서로에게 아플 뿐이다. 고슴도치를 생각해 보자. 너무 가까이 가면 찌른다. 짐 콜린즈가 〈위대한 기업〉에서 본 고슴도치와는 다르다. 짐 콜린즈에게 고슴도치 전략은 한 회사의 성공에 가장 중요하고 우월한 전략이다. 그의 전략은 회사에서 핵심적인 부분에 대한 집중을 놓치지 않으면서 회사의 생산분야를 확대해가기다. 그때의 고슴도치는 자기 장소를 고수하며 상대방이 자기 영역을 침범하지 못하도록 한다. 그러나 쇼펜하우어의 고슴도치는 '적정한 거리에서의 공존' 이다. 서로 다치지 않게 조심조심, 다른 사람을 찔러 자신의 이익을 달성하지 않는다. 사람과 사람 사이도, 이념과 이념 사이, 가치와 가치 사이도 그렇다.

그러나 다른 사람의 가치를 다치게 하면서까지 자기 가치를 배타적으로 강요하는 사람들, 이념들. 지금 우리나라에는 배타적 가치가 너무 크다. 명문대, 강남, 외제차, 영어, 외모, 종교 등 배타적인 가치를 배태하는 한국인에게 고슴도치처럼 서로 찔리지 않게 조심하는 덕목, 그것이 정의의 핵심내용일 것이다. 스코틀랜드 사람들은 쇼펜하우어의 고슴도치 같은 느낌이 든다. 오래전부터 축구, 럭비 같은 바디첵 스포츠를 발달시켜 사람을 죽이는, 가까이서 몸을 부딪치며 사람을 죽이는 -칼과 창과 방패는 모두 몸과 몸이 연결되는, 사랑의 스킨십이 아니고 폭력의 스킨십 - 그 전초전의 습성을 익히게 한 잉글랜드, 그래서 세계를 정복해야겠다는 의지와 습성을 체화시켜 대영제국이 된 잉글랜드와는 다른 느낌이다. 쇼펜하우어의 고슴도치는 순수한 에든버러 사람들의 고슴도치였다. 부유하지는 않으나 사람을 좋아하고 자연을 좋아하는 '숨어 사는 즐거움' 의 주역들이다.

"청풍명월은 일전이라도 돈을 들여 사는 것이 아니다." 사람들이 이 낙을 안다 할지라도 세속 일에 골몰하면 즐기기 어렵다는 소동파의 말이다. 에든버러는 배타와 폭력의 시대에 자연과 소통하며 조심스레 즐길 줄 아는 고슴도치의 사랑 같은 '착한 도시' 다.

Soap, the Show:
성공요소로서의 가격, 프로페셔널리즘.

에든버러의 프린지페스티발은 이제 워낙 유명하다. 프린지페스티발의 랜드마크 공연은 밀리터리 타투이다. 각국의 군악대가 성 앞에 마련된 특설무대장에서 각종 기예를 선보인다. 흡사 서커스와 매스게임을 혼합해 놓은 듯하다. 나는 이 유명한 공연을 그냥 동영상으로 때우고 같은 시간대에 했던 소읍 더 쇼(Soap, the Show)를 보았다. 수동적인 매스게임보다는 사람들의 목소리와

SOAP
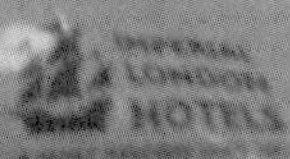

배우들의 땀 냄새를 맡을 수 있는, 배우들의 주름이 세세하게 파인 얼굴을 쳐다보며 느낄 수 있는 그런 공연이 좋았다.
보통 프린지페스티발을 보러 온 평범한 관광객들은 공연을 선택할 때 곤욕을 치른다. 수백 개의 공연이 넘쳐나고, 크고 작은 새로운 공연이 계속되기 때문이다. 너무 많아서 무엇이 좋고 나쁜지를 고르는 그 자체가 고역이다. 전문가에게 물어보려 해도 누가 전문가인지 구별이 쉽지 않고, 문화상품은 각각의 취향이 달라 전문가의 취향대로 선택하는 것도 뭔가 꺼림칙하다. 방법이 없을까? 여기서 취향을 두 가지의 부류로 나눠볼 필요가 있다. 하나는 전문가나 아마추어로서 특정한 좁은 장르나 분야에 관심을 가지고 있는 경우이다. 이럴 경우는 그런 장르에 속한 것을 내가 선택해서 보면 된다. 문화상품의 가치는 객관적으로 형성되기보다는 주관적으로 형성된다. 문화상품은 경험재이기 때문에 경험해보기 전에는 가치나 가격을 매기기도 쉽지 않다. 그래서 가격이 터무니없지만 않으면 일단 사서 본다.

그러나 문제는 일반 대중적인 취향을 갖고 있을 경우이다. 공연에 전문가적 식견도 없고, 특정한 관심분야만을 봐야 할 이유도 없다. 대부분은 그냥 관광 겸, 즐길 겸, 그리고 공연 보는 것을 좋아하니까 보는 것뿐이다. 가장 재미있으면서도 의미 있고, 천박하지 않지만 유쾌한 것. 사실 대중들이 찾는 작품들은 대부분이 이렇다. 약간은 모호하다. 그냥 일반인들은 좋은 공연을 추천해달라고 한다. 예술적이면서도 재미있는 것들. 그런 것을 가장 최고로 잘 구현한 게

과연 있기나 할까? 그래서 혹자는 문화상품의 가격정책, 시장정책은 불가능하다고까지 주장한다. 그러나 그것은 잘못된 생각이다. 지금까지의 문화상품에 대한 시장적 접근의 틀은 만들어지지 못했다는 생각은 오도된 선입견이다. 그것은 바로 이곳 에든버러가 문화상품의 그런 시장적 특성을 가장 잘 살려냈기 때문이다. 프린지페스티발은 에든버러라는 고도, 즉 도시 중심부 전체가 유네스코 문화유산이라는 점에서 좋은 조건을 타고났고, 그 때문에 관객을 모으기 쉽다고 말할 수도 있을 것이다. 그러나 이건 모르는 소리다. 에든버러는 어쩌면 오지일 수도 있다. 유럽여행을 하면서 누가 저 멀리 스코틀랜드까지 온단 말인가. 유럽여행 중 영국 런던을 들르면 그다음 행선지는 축구에 관심 있는 사람이면 맨체스터 정도가 될 것이지 북쪽 에든버러까지 가진 않는다. 일반적인 여행객이라면 런던 다음은 대개 유로스타를 통해 바로 갈 수 있는 파리다. 에든버러는 고려 대상에도 없다. 에든버러는 900년 된 고도지만, 유럽의 여타 도시들 또한 그보다 더 멋지고 오래된 역사와 풍광을 지니고 있다. 그리스는 기원전 문화들을 대거 보유하고 있다. 에든버러와는 전통문화로도 비교가 안 된다. 하지만 이 먼 곳까지 사람들을 끌어들이는 것은 역시 프린지페스티발이 있기 때문이다. 프린지가 있으니 덤으로 오게 되고 고도의 역사와 향기도 즐기게 된다. 그렇다면 어떤 요소가 프린지의 성공을 있게 했을까.

프린지의 유명한 명성을 듣고 사람들이 에든버러로 모여든다. 8월 전 세계의 휴가철이 되면 에든버러는 어김없이 붐빈다. 사람들은 묻는다. "어떤 공연을 좋아하시나요? 네, 이걸 보세요." "아니에요. 오래된 공연을 보세요." "아니에요. 더 스페이스나 더 에셈블리같은 유명한 공연장에서 하는 공연을 보세요." 너무나 많은 공연, 천여 개의 공연들이 있어서 좋은 공연을 추천하는 방식은 모두 다르다. 자기 생각대로 취향대로이기 때문이다. 그런데 가장 쉽고도 또 간단하게 빠르게, 그리고 가장 정확하게 공연을 선택하는 방법이 있다. 바로 가격표다. 많은 공연 제목과 공연 소개 뒤에 가격은 모두 제각각 다르다. 내가 '좋은' 공연을 찾는다면, 재미있고 일반대중들이 좋아할 만한 공연을 찾는다면 간단하다. 제일 비싼 표를 사면된다. 제일 비싼 표를 사면 절대 후회하는 일이 없다. 가장 사람들이 많이 보고 가장 만족하는 재미있는 공연으로 정평이 난 공연이기 때문이다.

2010년 프린지페스티발에서 가장 비싼 공연은, 그래서 가장 볼만하다고 정평이 난 공연은 소읍 더 쇼(Soap, the show)였다. 대략 40파운드. 6개의 욕조를 배경으로, 서커스, 코미디, 현대무용, 성악이 융합된, 위트와 내면적 성애의 자극이 자연스럽게 결합된다. 그리고 아크로바틱 서커스의 기술은 사랑의 표현에 잘 맞는 포맷이었다. 소읍 더 쇼 공연에서는 욕조에서 목욕하는 우리의 몸이 나르시시즘을 넘어 과시용으로 전환된다. 가장 사적인 공간에서 나의 몸을 반추하는 순간들을 아크로바틱스에 담아내는 상상력은 대단했다. 관객을 매료시키는 비법은 그런 다양한 것들의 혼연일체다. 수많은 관객으로 객석이 가득 차고, 매 회 박수갈채를 받는 이 공연은 프린지페스티발에서 가장 비싼 가격이 매겨지는 최고의 공연이 되었다.

프린지에서 티켓가격이란 대중들에게 그 공연의 품질을 보증하는 척도이다. 물론 그것은 전문가적 식견이나 장르 지향적 관점은 아니다. 대중들의 관점이다. 가격은 그런 대중들에 의해서 형성된 것이다. 그리고 대중들에 의한 가격 결정은 프린지페스티발이 가진 시스템, 즉 매년 관객의 호응도를 분석 평가하여 올해 좀 더 나은 극장과 티켓가격을 매기는 평가시스템에 있다. 철저한 분석에 의한 시스템의 존재 덕분에 이제 사람들은 각 공연이 얼마나 오래된 공연이고 인정받는 공연인지 가격을 통해서 확인할 수 있다. 더 이상 공연에 대한 정보를 주변 사람들에게 알아보고 물어본 후에 공연을 선택할 필요가 없다. 그게 시스템이고 시장인 것이다. 프린지페스티발 성공의 핵심은 이런 공연의 추이를 분석하고, 관객의 호응도를 분석하여 만든 평가시스템에 있다. 문화산업의 성공은 사실 멀리 있지 않다. 사람들은 영화가 할리우드에 쏠린 이유를 멋진 태양에 의한 화면질의 확보라는 자연 인프라에서 찾기도 한다. 그러나 사실 태양에 의한 화면의 질은 남미나 호주가 훨씬 우월하다. 하지만 남미나 호주에서는 영화 산업이 그다지 발달하지 못했다. 그런 점에서 본다면 자연적이고 역사적인 인프라보다는 시스템을 창조하는 것에 문화산업의 성공이 있다고 볼 수 있겠다. 할리우드는 영화의 흥행공식을 만들어내는 시스템을 LA에 구축했고, 그 체계적인 시스템이 장기간의 영화산업 성장을 이끌어올 수 있었던 것이다. 고객이 영화 관람에 기꺼이 특정 가격을 지급하고 관람 경험에 만족할 수 있게 시스템을 구축했기 때문에 영화 분야에 지속적인 관객을 확보하고 산업을 안착시켰을 것이다. 고객에게 만족감을 주는 시스템이 차후

고객의 재방문을 유도할 것임은 물론이다.

한국을 잠깐 떠올려보자. 대표적인 공연극장인 예술의 전당과 세종문화회관. 많은 공연을 가서 봤지만, 때로는 지불한 돈이 아깝다는 생각이 들 때가 있다. 작품의 내용보다는, 예술의 전당에서 하니까, 세종문화회관에서 하니까 권위가 있다고 말할 정도일 뿐이다. 공연마다 가격 차이도 크게 나지 않는다. 가격 차이가 난다고 해도 그것이 가격에 따른 차등적인 만족을 보장하지는 않는다. 왜냐하면, 한국에서는 예술의 이름으로 느끼는 감동에는 양적인 차이를 둘 수 없다는 해묵은 인식 때문에 적정한 가격을 매기는 것, 그래서 적정한 가격을 매기는 시스템에는 무관심하기 때문이다. 그래서 때론 공연을 보고나서 예술인을 위해 낸 기부금 정도로 생각하고 공연장을 떠나는 나를 발견하기도 한다. 한국 예술의 위상이 기존의 쳇바퀴를 걷어차고 새로운 길을 찾는 중요한 계기는 바로 지금까지 해 온 관행의 익숙함을 버리고 낯섦을 끌어들이는 일일 것이다.

My name is Richard:
또 다른 성공요소로서의 비가격성, 아마추어 성의 고양

프린지의 성공은 마이 네임 이즈 리처드라는 연극에서 또 다른 방식으로 표출된다. 마이 네임 이즈 리처드는 영국의 고등학교에서 벌어진 왕따 이야기이다. 자폐증세의 리처드라는 한 아이가 학교에서 겪는 왕따 이야기. 우리에게도 흔히 볼 수 있는 연극소재이고 줄거리다. 리처드는 앤(Anne)이라는 여자를 짝사랑하지만, 무시당하고 핍박당하고 심지어 앤의 남자친구에게 폭행까지 당한다. 앤의 감정에는 아랑곳없이 자신의 생각과 의지를 밀고 나가지만 그렇게 해서 사랑이 얻어질리 만무하다. 그런 그의 마음은 아무도 이해해주지 않는다. 부모조차도 그렇다. 이런 스토리는 너무 일반적이어서 처음 10여 분을 보고나면 극의 전개가 어떻게 이루어질지 대략 짐작할 수 있고, 또 연극의 흐름도 그런 예상을 크게 벗어나지 않았다. 우리 주변에서도 충분히 볼 수 있고 만들 수 있는 연극이다. 그러나 흥미 있는 것은 이런 '재미없는' 연극에 빠져들어 심각하게 느끼면서 앉아 있는 다양한 관객들이다. 사실 우리나라에서 이런 연극을 하기에는 벅차다. 연극은 재미있어야하고, 그 재미를 녹여낼 수 있는 소재여야 하는데 -소읍더쇼처럼 욕조가 대표적이겠다.- 왕따 이야기는 재미있게 만들기가 거의 불가능하기 때문이다. 물론 중간마다 영국식 코드의 말 재미를 넣긴 했지만, 코믹한 행위들이나 대사가 연극의 재미를 살려줄 정도는 아니었다. 그러나 왕따 문제는 영국에서도 너무 진지한 문제이고 사회적으로 심각한 문제이다. 그런데 영국은 이런 왕따 문제를 다룬 연극을 직접적이고 진지한 자세로 관객에게 호소한다. 우린 이런 진지한 문제에 대한 직접적이고 냉정한 접근을 하기 어렵다. 그런 진지함을 받아줄 관객층이 두텁지 않기 때문이다. 그 때문에 여고괴담이라는 호러장르와 왕따 소재가 만나기도 하고, 총잡이라는 코믹장르와 왕따 소재가 만나기도 한다. 그러나 영국 이곳 프린지페스티발은 말 그대로 냉정하고 진지하게 왕따 문제를 밀고 나간다. 정말로 진지하다.

보고 나면 얼마나 심각한 문제인지 깨닫는다. 사람을 왕따 시키면 안 되겠다는 생각을 다시 한 번 하게 만든다. 놀라웠던 것은 아주 늦은 밤 9시. 끝나면 밤 11시, 그러니까 관객을 모으기에는 취약한 시간이었는데도 소극장 150여석 중 반 정도가 찼다는 점이다. 연극이 2시간 정도로 길었고 웃음도 없었는데도, 관객들이 50대에서 20대까지 다양했고 중간에 나가는 이도 없었다. 그리고 끝난 뒤에는 모두 따뜻한 박수를 쳐준다. 연극과 공연을 사랑하는 아마추어 공연소비자들이다.

물론 단순 관광객들이 이런 연극을 볼 리 만무하다. 밀리터리타투를 보면 다 본 것일 게다. 프린지페스티발의 기원은 원래 에든버러 인터내셔널 페스티발이라는 고전예술장르에 끼지 못했던 사람들이 '열 받아' 만든 페스티발이다. 프린지가 주변이란 뜻이니, 다른 말로 왕따 페스티발이란 의미도 있다. 그런데 지금은 프린지가 더 커졌다. 주변이 중심이 되고, 중심은 주변으로 밀렸다. 사람들은 이런 역동을 좋아하지 않는가. 역동은 바로 그런 아마추어 공연애호가들에 의해 주도된다. 그런 층들이 두터우니 '재미없는 연극' 의 시작이 가능하고, 시작하면서 고쳐가고 흥행코드도 약간씩, 소비자들의 기호를 반영하면서 장기적인 공연이 가능한 연극으로 발전한다. 여기에는 가격결정성에 의한 가치측정이라고 말할 것은 아직 없다. 가격이 결정되기 전, 아마추어 애호가 시장이 존재하는 것이다. 애호가들이 입소문 같은 좋은 평가를 통해 수요를 일으키면 공급도 당연히 비례하여 움직인다. 시장이 생기기 전 이런 시장 전단계의 풍부한 역동성이 없다면 프린지페스티발의 성공은 불가능하다. 그냥 주저앉고 잘되는 것들만 계속 잘되다가 결국 퇴행하고 만다. 인간의 욕구는 늘 변하는데, 프린지가 역동하지 않고 그대로 현상유지를 고집한다면 오래갈 리 만무하다. 프린지페스티발의 밀리터리타투는 상징일 뿐이고, 실제로 프린지 페스티발의 성공과 지속은 그런 '작고 열정적인 것들'의 역동성에 지배된다.

소리로 사실과 가상을 왕래하다: Imagine toy by Catteau.

인간은 소리에 민감하다. 외모는 질리지만, 말소리는 질리지 않는다. 기표를 담기 때문이다. 기표는 늘 변한다. 해석의 방식이 늘 바뀌기 때문이다. 외모는 변하지 않고 지속되어 쉽게 질리지만, 말소리에 사람들은 늘 새로움을 느낀다. 처음 만난 사람에게는 외모가 매력의 여러 이유 중에서 결정적인 이유겠지만, 시간이 지날수록 사람들은 소리에 민감해진다. 소리가 결정적이 되는 것은 다른 것이 소리를 대체할 수 없기 때문이다. 눈은 감으면 내가 안 볼 수 있지만, 소리는 귀를 막는다 해도 완벽하게 차단할 수 없다. 화면도 실상 우리는 세밀한 것을 원하는 것 같지만, 인간은 주변시를 가진 시각을 갖고 있지 않다. 주변시를 가진 말과는 다른 존재다. 집중해서 보는 부분만 보이고 나머지는 보이지 않는다. 나머지 주변은 중심에 빗대어 알아서 추측한다. 그래서 가짜를 진짜로 보는 '불신의 유예 suspension of disbelief'가 작동하기 쉽다. 모두 보는 것 같지만 내가 알고 믿는 것만 보이기 십상이다. 그러나 소리는 다르다.

소리는 말을 동반한다. 동반된 말은 언어를 담고 사람들의 생각을 담는다. 만약에 똑같은 말만 반복한다면 정상적인 인간으로 간주되지 않는다. 다른 사람의 말을 귀담아듣지 않고 자기 이야기만 해도 그렇다. 그런 사람은 금방 질린다. 아무리 대단한 외모를 가졌다고 해도 말이다. 그런 면에서 카튜의 소리마임은 변화무쌍하다. 소리를 내는 방식은 사실 몇 가지밖에 안 되겠지만 이것을 조화시키면 신비한 것들이 쏟아진다. 카튜는 소리의 양과 질을 결합한다. 아주 작은 소리와 엄청나게 큰소리가 한 사람의 목소리에서 나온다. 고양이 소리와 사자의 포효가 동시에 등장하는 것이다. 그것이 마임에 음향감독이 있는 이유이다. 적절한 시기에 크고 작은 음향효과 소리를 내는 것. 그건 타이밍의 예술, 신크로니의 예술이다. 소리의 신크로니는 조금만 타이밍이 어긋나도 몰입을 방해한다. 의식적으로 눈치 채지 못하더라도 사람들은 그 콘텐츠를 부정적으로 평가한다. 입 모양과 소리가 다르면 우리 뇌는 그 정보를 받아들이길 거부한다. 외화더빙을 할 때도 소리와 입모양의 순간이 다르면, 특히 영화의 배우는 말이 끝났는데 더빙의 말이 더 남거나 모자란다면 그건 재미없다 못 해 거북하다. 그게 소리의 특성이다. 그런 아주 세밀한 타이밍의 차이도 극복하면서 코믹연기를 했고, 또 5명의 관객을 차례로 무대로 올려, 그들과 함께 호흡하며 마임을 이끌어나가는 것도 대단하다. 이것은 매번 연극이 예측불허이며, 그래서 늘 달라질 수밖에 없을 것임을 충분히 짐작할 수 있다. 연극은 생동한다. 영화는 같은 것만을 재생산하는데, 연극도 같은 것을 재생산하면 긴장도가 떨어진다. 앵무새처럼 외우기만 하는 것보다 상황극이 결합되면 더욱

긴장도가 높아진다. 관객들도 그것을 알기 때문에 더욱 집중하고 함께 긴장하며 좋은 결과가 나올 때 함께 웃는다.

마지막의 관객참여는 전체 관객을 끌어들인다. 커튼콜의 박수가 나오고, 카튜는 다시 나와 감사의 인사를 전한다. 그리고 커튼콜을 외친 관객들을 위해 자신만의 소리 비법을 전수한다. 손뼉을 치지 말라고 한다. 그리고 검지 하나로 다른 한 손에 손뼉 치라고 한다. 왜 그러지? 별로 소리가 나지 않을 텐데. 시키는 대로 해본다. 정말 별로 소리가 나지 않고 작다. 그런데 잠시 후 관객들의 그 박수소리가 모두 모이니 묘한 소리가 난다. 작은 빗방울들이 모이는 소리였다. 그 박수 소리가 빗방울 소리로 변한 것이다. 타타닥타닥닥타닥. 불규칙한 소리의 모음. 빗방울들이 떨어지는, 정말 비 오는 소리다. 그 소리에 카튜는 땀에 범벅이 된 자신의 모습을 마치 비에 맞는 피에로처럼 행복한 표정으로 그려낸다. 관객과 함께하는 마임을 선보인 카튜의 공연은 마지막도 정말 인상적이었다. 관객의 집단연기가 음향기술을 압도하는 순간이다. 소리는 기표를 전달한다. 그리고 그 기표는 문자처럼 남지 않고 순간에서 순간으로 넘어간다. 한번 지나면 다시는 돌아오지 않는다. 언제나 변화되는 속성의 인간은 소리의 기표에 설득 당한다.

문화는 이제 더하는 문화에서 빼는 문화로 가야한다. 빼는 문화는 공생의 문화이다. 내가 부족해야 다른 사람이 내게 다가와 손을 내민다. 그 손을 잡을 에너지는 물론 내 스스로 만들어 내야 하지만, 세상은 그런 에너지를 헛되이 쓰지 않는다. 최고의 사운드 마이미스트 카튜는 최고의 마임실력을 내보이려 뽐내기보다는 그것을 관객의 호응과 섞으려 애썼다. 그것은 빼셈의 자세였고, 이를 통해 그냥 잘하는 마임을 본 것보다 몇 배의 행복과 기쁨을 관객들에게 선사했다. 덧셈의 문화는 뽐내고 자랑하는 문화이지만, 빼셈의 문화는 그래서 행복의 문화이다.

빼셈의 문화, 그것이 진정한 '쿨'의 의미다. 쿨(cool)한 것은 바깥에서 주어지는 정보량은 적으나 안으로부터 뿜어 나오는 참여도는 높다. 핫(hot)한 것은 정세도가 높고 관여도가 낮다. 그런데 우리는 잘 잊어버린다. 최고의 기술은 최고의 몰입을 가져온다는 원칙에서 늘 벗어나지 못한다. 사실 몰입에 빠지다 보면 최고의 몰입기술은 몰입도를 가장 빠르게 높이는 약물이다. 항우울은 나의 내면에서 나오는 힘과 에너지에서 양분을 공급받는 것이 아닌, 외부에서 주어지는 항우울제 약물이 된다. 요즘 항우울제가 발달해서 중독성이 덜하다고 한다. 그런데 그 중독성이 덜하다는 것 때문에 더 중독적이 되는 것은 아닐까. 우리는 순식간에 축구에, 햄버거에 그리고 알코올에 중독된다. 다른 유럽 사람들과 마찬가지로 스코틀랜드 에든버러 사람들에게도 축구만큼 항우울제 역할을 하는 hot한 것은 없다. 그런데 에든버러 사람들은 에든버러에 있는 팀보다 옆 도시인 글라스고우에 연고를 둔 셀틱팀에 더 큰 환호를 보낸다. 에든버러도 하츠, 히비같은 축구팀이 있긴 하나 경기에서 승리를 가져다주는 강팀 셀틱을 더 응원한다. 축구와 민족주의는 쉽게 결합되어 상상의 공동체를 구축

한다. 축구는 스코틀랜드의 정체성을 확보하고 강화하는 기제가 된다. 축구는 스코틀랜드인들에게 항우울제 역할을 한다. 에든버러 사람들도 순식간에 항우울제가 가져다주는 각성에 빠져들고 말며 그런 기억은 뇌 속에 차곡차곡 쌓여 무의식을 이룬다. 중독이란 각성이고 기억이고, 그래서 하루라도 더 그런 기쁜 날의 추억을 쌓으려 애쓰는 인간에게 공평하게 배분된 습관이다.

갤러리로 개조된 과일가게:
Fruit gallery.

유네스코는 에든버러를 창조도시 1호, 문학도시 1호로 선정했다. 에든버러는 문학과 인연이 깊은 도시다. 우선 에든버러 대학이 문학으로 유명하고, 체호프부터 조엔롤링까지 유명소설가가 배출되기도 했다. 에든버러가 왜 이런 문학도시가 되었을지 생각해 보면 짐작이 가는 바가 있다. 유목과 침탈과 억압과 불안이 무엇으로 표출되겠는가. 글 쓰는 것 말고 말이다. 글 쓰는 사람의 마음이 편안한 것 봤는가. 그러면 글이 나오지 않는다. 글을 쓴다는 것은 자기 심층 심리의 억압으로부터 해방되려는 몸부림의 패턴화이기 때문이다. 그 탈출과정에서 나타난 부산물로서의 표현물이 바로 글이다. 그 과정이 아닌 결과를 대중들은 즐기고, 그것을 표현해준 작가의 용기에 고마워한다. 한번 크게 성공한 작가들이 그다음부터는 좋은 작품을 내놓지 못하는 건 아마 그런 억압에서 탈출하여 더 이상은 크게 고통과 맞닥뜨릴 일이 많이 줄어들면서 그만큼

The
Fruitmarket

작품의 깊이도 줄어들기 때문일 게다.

예전 시장통의 허름한 과일가게는 갤러리 카페로, 텐트 천막촌으로 만든 작은 책방은 재즈 카페로 변화되면서, 문학도시로서의 에든버러는 외지인을 끌어들여 자기편으로 만들기 위한 다양한 시스템을 구축했다. 그렇지만, 재밌는 것은 그 과일가게 갤러리 카페에서 사람들은 예전 과일가게의 흔적을 찾으려고 애쓴다는 점이다. 여기 과일가게였다는데, 그 흔적은 어디 있나요. 흔적을 찾고 있는 사람들. 그러나 내부에는 흔적을 찾아볼 수 없다. 흔적은 외관뿐이다. 외관에 남은 흔적을 사람들은 과일가게의 흔적이 남은 것이라고 사진을 찍는다. 그런데 그건 갤러리 카페의 외관이지 과일가게의 외관이 아니다.

모든 유럽의 고도(古都)들은 파사드를 지키고 보호하기 위해 겉은 손대지 않고 안을 마구 뒤바꾼다. 그러나 외관을 보존했다고 해서 그것이 옛날 중세 귀족의 집은 아니다. 지금 사람이 살고 있는 주민의 집이다. 그 주민 집의 외관이다. 그런데도 우리는 쉽게 외관에서만 보이는 과거의 흔적을 현재 살고 있는 사람에게 대입시킨다. 새로운 혼합의 탄생. 숍더쇼가 현재에 존재하는 서로 다른 것들이 융합되어 새로운 것을 창조하는 〈실시간형 크로스오버〉라면, 구 과일가게 갤러리 카페는 과거와 현재가 동시에 존재하는 〈1Q84형 크로스오버〉다. 그리고 우린 과일가게와 갤러리 카페가 공존하는, 우연성과 모순성의 공존이라는 그 기묘함을 즐겁게 허락한다.

심리적 시간이란 그런 것이다. 에든버러에서 사람들은 지금의 시대에서 과거의 흔적을 찾으려 애썼다. 그것은 그들에게 과일갤러리는 일상적이고 아무런 특징도 없는 가게가 아니었다는 것을 뜻한다. 일상적이지 않았기 때문에 과거를 알고 싶었던 것이다. 평범하고 일상적인 사람들의 과거를 누가 알고 싶겠는가. 나에게 관심 있는 사람이 나에 대해 알고 싶어 한다. 과거를 알면 이야기를 알게 되고 이야기를 알게 되면 지금의 그 사람이 있게 된 이유를 알게 되기 때문이다. 그 사람이 여기 이 자리에 있게 된 역사를 알고, 그 사람을 이해하게 되는 것이다. 사람을 이해하는 데는 그래서 시간이 필요하다. 여행객은 시간여행객이다. 시간에 쫓기지 말아야 여행객이며, 만약 시간에 쫓긴다면 여권, 여행객의 권리를 반납해야 한다. 반납 후 관광객이 되면 고민도 없고 위험도 없이 안락하고 편안하다. 그러나 편안하기 때문에 의문이 없고 답을 찾을 이유도, 새로운 발견도 없다. 밥상을 앞에 두고 맛을 보지도 못하면서 그 맛을 숭배하고 찬탄하는, 격리와 소외의 시대인이 될 뿐이다.

갑작스레 다시 에든버러의 가방 분실일이 머리를 스친다. 에든버러의 그 시간은 그 누구도 범상한 나에게 관심이 없고, 자기의 일상에, 일상적 답변들로 가득 차 있다는 것을 보여주는 것이었다. 응급실의 의사들에게 응급상황은 평범한 일이나, 그 당하는 개인에게는 모든 이성을, 감성을 도려내는 공황(恐慌)의 시간이다. 도시가 나에게 가한 인격박탈은 처음 얼마간은 울화인지 망각인지 마치 안개 속처럼 마음의 분간이 가지 않았다. 그렇지만 시간이 가면서 안개가 걷히고 비인격화의 어스름 속에서 사람들의 인간적 요소가 조금씩 눈에 띄기 시작했다. 점점 따뜻한 미소가 보이고 느껴지기 시작한다. 그러면 마침내 여행객임을 다시 느끼고 심리적 시간의 통제력을 다시 회복한다. 그런 시간이 바로 내 앞에 다가오면서 나는 시간과 정겹게 화해하고 다시 돌아간다. 돌아가고 싶어서 그 시간을 짧게 억지로 당기려 안달하기보다는 시간 스스로 저만치서 걸어가도록 내버려둘 줄 알게 된다.

ELGIN CA

MERE
Johnstons
Cashmere
Made in Scotland
10 PM 25-28 AUG
FOOLS
TESCO

다섯째 날, 알레아적 여행

여행은 감정이입이다.

"이번에도 송진으로 방수된 바구니에 담겨 강물에 버려진 아기라는 생각이 들었다. 아기가 담긴 바구니를 난폭한 강물에 띄워 보낼 수 있다니! 파라오의 딸이 어린 모세가 담긴 바구니를 강물에서 건져 내지 않았다면 구약성서도 없었을 테고, 그러면 우리 문명은 어찌 되었을까, 수많은 고대신화의 도입부에는 버려진 아기를 구하는 누군가가 있다. 폴리보스가 아기 오이디푸스를 줍지 않았다면, 소포클레스는 그의 가장 아름다운 비극을 쓰지 않았을 것을." (밀란 쿤델라, 참을 수 없는 존재의 가벼움 중에서)

내가 버려지더라도 누군가가 나를 구해낼 것이라는 믿음. 여행은 늘 예기치 않은 사건과의 만남이지만, 그 사건은 해결될 수 있다는 믿음이 동반된다. 그렇지 않다면 여행은 불가능하다. 정주민들은 일생을 자신의 땅과 논과 밭에서 보내며 예기치 않은 사건을 경계한다. 정주민의 삶, 무 이동성에는 자신이 피할 수 없기 때문에 늘 참아야 한다는 인내와 존재의 무거움이 뒤따른다. 그러나 여행은 가볍다. 내가 무거운 짐을 가지고는 여행에 나서면 고생만 더 한다. 버리고 떠나야 하고, 강을 건넜으면 뗏목은 버려야 한다. 뗏목이 고맙다고 등에 이고 가는 어리석음을 이해 못 하는 바는 아니지만, 그 뗏목이 다른 이에게 도움이 될 수 있으리라는 생각, 자타에게 모두 이득을 줄 수 있는 공감능력이 필요하다. 그래서 여행은 구도의 과정과 비견된다. 짐 진 자들은 짐을 내려놓고, 떠나는 자들은 먼저 버려야 한다. 깨우치기 위해 몸을 던져야 하는 것이다.

여행은 감정이입이다. 여행은 모든 사람과 사물을 '만나고픈 또 만지고픈' 촉각적 미디어이기 때문이다. 그러나 대개 일반적으로 여행에 주어진 시간은 짧다. 한곳에 오래 머무를 수 없다. 대부분의 경우 가이드들이 가자는 곳에 끌려다니는 내비게이션 관광이고, 많은 곳을 보기 위해 강행군을 해야 하는 스파르타쿠스적 관광이다. 여기서 딜레마가 생긴다. 감정이입에는 '최소한의 절대시간'이 필요하기 때문이다. 영화를 예로 들어보자. 보통 영화의 평균상영시간은 2시간. 그 시간이면 관객들은 배우들의 감정에 개입하고 동화되고 눈물을 흘리기도 한다. 그러나 영화의 상영시간이 십 분, 이십 분, 삼십 분밖에 되지 않는다면 이렇게 느끼기에는 시간이 부족하다. 특히 감정이입의 가장 고도의 수준인 비극의 경우는 더욱 그렇다. 최소한의 시간이 필요하다. 카페에서 누군가와 이야기할 때도 십 분, 이십 분은 부족하다. 겉도는 이야기만 하고, 비즈니스 이야기만 하고 헤어질 뿐이다. 공정하지 않다. 감정이입이 일어나지 않는다. 그러나 특별한 목적 없이 한 시간을 이야기하다 보면 뭔가 공통적인 화제와 감정이입 할 것들을 찾아내기 일쑤다.

서로 멀뚱멀뚱 쳐다보며 보내는 한 시간 정도를 견뎌내는 사람은 별로 없다. 작은 이야기들이 떠돌고, 그 이야기들 속에 감정을 스스로 이입시킨다. 작은 이야기들에도 우리는 기꺼이 불신을 유예(猶豫)한다. 여기에는 최소한의 한정된 공간과 일정한 시간이 필요하다. 서로 스쳐 지나가는 눈빛이 아니라, 이심전심 옷깃만 스치는 전생의 인연이 아니라, 한 시간이라는 인연이 살아 있음을 느끼는 대화가 사람 사이에도, 잘 모르는 사이에도 필요하다. 여행도 그래야 한다. 맥주펍에서 그 동네 사람들과 지나가는 이야기라도 해보라. 적어도 30분 이상을 말이다. 이건 삶이 풍요로워지고 인간다워지는 또 하나의 경험이다.

폭력은 당연히 부정적 행위이다. 폭력을 미화하는 장면을 보면 싫다. 그러나 그 폭력 이야기를 절대시간을 할애하여 들어보면, 그래서 복수의 권선징악임을 알면 그 폭력의 미화는 때로는 아름다움으로 다가오기도 한다. 쿠엔틴 타란티노의 영화처럼 프레임이라는 한정된 공간과 최소한의 시간이 필요하다.

영화관에서 당신은 꼼짝없이 한두 시간을 앉아 있어야 한다. 그래야 폭력성이 아름다울 수도 있다는 여지를 '배운다.' 학교에서 당신은 꼼짝없이 50분 수업을 들어야 하지 않는가. 꼼짝없이, 움직임 없이, 바로 그게 정주(定住)의 힘이다. 아무리 노마디즘이 우월한 세상이지만, 노마디즘만으론 날아갈 수 없다. 이런 정주의 힘이 유목과 결합되어야 힘이 생긴다. 정주적 노마디즘(Sedentary Nomadism)이어야 한다. 유목민의 힘은 광야를 달리는 말에서 나오는 것이 아니라 서로 모여 삶을 논하고 전략을 짜곤 했던 유목민의 텐트 게르에서 나온다. 그렇다면 왜 사람들은 유목민의 천리마에 주목했을까? 천리마는 멀리 갔다가 돌아오기 위함이었을 것이며, 천리마에 대한 집착은 돌아오지 못하는 것에 대한 불안으로 악화되었을 것이다. 천리마와 텐트가 그렇게 서로 연결되어 네트워크의 힘을 발휘하지 않았다면 유목민의 넓은 영토는 생기지도 못했을 것이고, 유지되지도 못했을 것이다. 그 텐트에서 벌어졌던 일은 양고기를 굽고, 수프를 만들고, 자식에게 사냥을 전수하고, 전쟁기술을 가르치는 장소였다.

에든버러의 성은 어떤가. 성은 영토를 고수하기 위한 것인가 아니면 영토를 빼앗아 나가기 위한 것인가? 방어를 위한 것인가 공격을 위한 것인가. 사실 그 둘은 동전의 양면이다. 유목민의 텐트와 같다. 그 성에서 '학습' 하는 것이다. 성은 일정 기간 머무르며 정보를 모으고, 지혜를 모으고, 사람을 키우는 곳이다. 성(城)은 평지에도 있지만, 대개 산이나 절벽 같은 지형지물이 있는 곳에 있다. 원래 산이나 절벽은 사람이 가기 어려운 곳이다. 그런데 그런 곳에 성이 만들어지고 폐쇄된 공간이 되면 사람들이 안주하고 왕과 왕비도 거주한다. 그래서 성은 그 조그만 구멍으로 대포와 감시를 빠끔히 드러내지만, 실제로 성은 사람을 보호하고 기르기 위한 곳이다. 성은 폐쇄성이 우선적인 목적이지만, 정말 그 성이 완전히 폐쇄되면 성은 존재할 수 없다. 한정된 장소에서 최소의 시간을 함께 공유하며 외부와 꾸준히 소통하는 성이 오래가고 무언가가 이루어지는 곳이다. 그래서 성은 높이뿐만 아니라 문의 위치가 중요하다. 대문만이 아니라 작은 암문도 고민해야 한다. 작은 암문에서 무슨 일이 일어나고 있는지를 보라. 그 작은 곳은 새롭고 태동하는 문화들과 친숙해지는 장소이다. 에든버러의 문에서는 무엇이 그렇게 많이 오고 갔을까.

에든버러 성은 왕과 귀족들이 살기도 했지만, 동시에 지하공간에 죄수들이 갇혀 지내는 공간이었다. 다른 성에는 없는 모습이지만, 실제 성이란 바로 그런 곳이다. 최상층과 최하층이 아래위로 서로 가까이 있으면서도 일생을 서로 한 번도 보지 못하고 지낼 수 있는 곳이다. 성의 문으로 드나들 수 있는 사람들은 귀족들뿐이었다. 가장 오랫동안 완벽하게 갇혀 지내야 하는 곳이자, 가장 강한 사람들을 만들어 내고 또 그들끼리 모여 살 수 있는 장소이기도 했다. 최상층과 최하층의 상징은 문이다. 문을 갖느냐 못 갖느냐가 계급을 구분한다. 그런 면에서 사회는 성과 유사하다. 최하층들에게도 문을 만들어주고 열어주는 그런 사회가 되어야 한다.

LFB
STATION

진정성은 낯섦이다.

관광객에게는 진정한 것보다는 '진정한 것에 대한 진정하지 못한 구성' 이 존재할 뿐이다. 관광객은 지방색, 원조의 맛 등을 강조한다. 그러나 관광경험은 진정하지 못하고 처음부터 끝까지 고안된다. 대륙에서 온 맥주, CD에서 흘러나오는 전통음악, 교육받은 웨이터들에 의한 춤으로 이루어진다. 사람들이 즐겁게 관광하기 위해서는 조정과 고안 그리고 비진정성이 요구된다. 영국의 유산산업(heritage industry)도 과거에 실제로 어떠했는지를 보여준다는 명목하에 과거를 개조하고 재치장한다. 바르트의 말대로 진실한 의미란 존재하지 않는다. 단지 다양한 해석들만이 존재한다. 사람들은 상충하는 메시지에 대하여 크게 당황하지 않고 파편화된 문화를 즐길 뿐이다. 그 결과 의미 없는 쾌락의 원천은 다양해진다. 네온불빛, 프랑스요리, 맥도널드, 동양음식, 마돈나, 베르디 등 다양한 즐거움의 원천이 환영받는다(Webster, 2007 : 284).

그러나 우리에겐 불안감이 있다. 파편화된 문화 속에서 인간이 갖는 불안감의 원천은 무엇인가. 이런 두려움은 우리에게 일관되고 단일화된 그리고 매우 다양한 문화적 기호들에 대한 노출로부터 보호되는 진정한 자아가 있다는 것을 반증한다. 만약 한 연기자가 클린트 이스트우드, 폴 가스쿠아뉴, 그리고 우디 앨런 같은 다양한 역할모형을 수행하는 경우 자아의 충실함이 잘 유지되어야 가능하다.

런던의 지하철을 다시 한 번 해석해보자. 런던의 지하철은 무릎과 무릎 사이의 거리가 한 사람 겨우 지나가는 거리다. 상체를 앞으로 내밀기만 하면 충분히 얘기할 수 있다. 그럼 러시아워 때에는 어떻게 하냐고? 그들은 러시아워를 생각한 것이 아니라 앉아서 서로 바라보고 이야기할 수 있는 거리를 생각한 것이다. 지하철을 사람들 실어 나르는 화물차만으로 본 것이 아니라 이야기의 공간이 될 수 있도록 만들었다. 사람이 많으면 어떻게 하냐고? 그래서 회사에 늦게 출근하게 되면? 그럼 그런 사람에게는 이렇게 이야기할 수밖에, "굿 럭!"
런던의 지하철. 좁디좁은 지하철은 오랜 지하철의 역사를 말해주지만, 사람과 사람이 가까이 앉아 있다는 것이 서울의 지하철에 익숙한 이방인에게는 낯설다. 낯선 문화가 이방인의 무의식에 침투해 자연스러움을 만들고, 그 자연스러움이 가까움을 표현한다. 무릎과 무릎이 닿을 듯 말 듯한 가까운 물리적 거리의 -냄새만 안 난다면- 지하철은 냉랭함의 공간보다는 애착의 공간이다.
한국 서울의 지하철을 탄다. 오늘도 이쪽 편과 저쪽 편의 넓은 거리 사이에는 러시아워가 지난 뒤의 무표정한 사람들이 자리를 채운다. 갑작스레 난 자리를 애써 외면하는 사람은 어김없이 잡상인이다. 넓은 거리의 의자는 사람과 사람을 직접 가까이서 보기보다는 잡상인에게 틈을 주고 잡상인에게 집중하게 만들 뿐이다. 어디서든 볼 수 있는 싸구려 물품을 파는 잡상인이다. 그가 파는 것들이란 대형슈퍼매장에서도 마음만 먹으면 언제든지 살 수 있는 물건들일 뿐이다. 그런데 지하철 안에서는 종종 뭔가 이상한 현상이 포착된다. 한 사람이 토시를 사면 여기저기서 토시를 산다. '맞아 이게 나에게 필요했어.' 라는 생각이 불현듯 든다. 잡상인이 값도 싸다고 외친다. 품질 대비 결코 싼 것이 아니건만, 분명 사면 오래 못쓰고 옷감의 질도 좋지 않아 얼마 쓰지도 못할 것이지만 사고야 만다. 도대체 지하철 안에서는 왜 햇볕을 차단하는 토시의 기능을 확실하게 인식하게 되는 걸까. 토시 장사가 등장하고 그의 토시 기능 예찬 연설이 시작되는 동시에 그리고 승객들이 토시 장사를 보고 토시의 4-5개 색깔의 상품을 보는 순간, 지하철은 그 장사꾼과 소비자의 관계만이 형성된다. 사람과 사람이 서로 앉아 바라보며 눈 맞추는 공간이 아닌, 쇼핑의 공간이 탄생한다. 사람들은 이제 바로 그 시점에서 서로를 바라보며 나의 인상과 상대방의 태도를 비교하고 비언어적 표현에 몰두하면서 저 토시를 살 것인가 말 것인가의 생각으로 접어든다. 저 토시는 가짜야. 싸구려니 질도 안 좋을 거야라는 생각에서부터 저 토시가 바로 지금 나에게 필요하다는 생각, 내가 저 토시를 지하철에서 사면 창피하지 않을까, 라는 생각까지 모든 생각이 토시 중심의 생각으로 돌변한다. 생각의 프레임이 바뀌는 것이다. 심리학에서는 이를 프레이밍(Framing)이라고 표현한다. 생각의 틀과 중심이 한쪽으로 쏠리면서 다른 주제나 다른 범주가 끼어들 여지가 없어지는 상황이다.

이런 프레이밍의 상황이 지하철 안에서 펼쳐지면 이제 사람들의 생각은 토시가 필요한가? 필요하지 않은가, 저 정도 가격이면 적정한가? 적정하지 않은가 하는 문제로 국한된다. 다른 행동을 선택할 여지가 없어지는 상황이기 때문에, 많은 사람이 평소 쇼핑 때는 관심도 없던 토시에 손이 가고 결국 사게 되는 것이다. 불현듯 그것이 쓸 만한 것이라는 생각이 들고 그 생각은 지하철 안의

토시장사의 프레이밍에 갇히게 되면서 선택 행위를 하는 것이다

프레이밍은 이렇듯 시기와 장소 등 특수한 상황에 맞춰진다. 토시가 지하철 안이 아닌 거대한 쇼핑센터 안에서 판매되었다면 별반 효과가 없었을 것이다. 프레이밍의 힘이 발휘되는 특정한 상황은 따로 있는 것이다. 모든 것은 해석의 문제이지, 고정불변한 진리의 문제가 아니다.

비행기 창에서 바라본 중국의 고비 사막은 하얗다. 눈인 듯 보인다. 눈 덮인 고비 사막? 그래 난 봤다. 고비 사막에 눈이 온 것을. 나는 그 고비 사막을 본 것인가? 고비 사막에 대한 오해로 난 고비 사막을 봤다고 할 수는 없다. 고비 사막을 가까이서 보면 그게 하얀 모래임을 안다. 더 가까이서 보면 그 모래들도 모두 모양이 다르고 느낌들이 다르다. 눈 덮인 고비 사막이라고 오해하는 것보다는 진정성이 느껴진다. 진정성(authenticity). 우리가 느끼고 알아내려 하는 것도 이 진정성 아니던가. 집에서 다큐멘터리를 보고, 가상환경에서 사람들을 만나면 굳이 여행도 필요 없다. 그러나 우리 인간은 진정성의 존재이다. 가상에 몰입하는 뇌를 지녔지만, 그것이 가상이기 때문에 안전하고 그래서 더 쉽게 몰입할 수 있지만, 인간은 더 깊은 진정성을 찾기 위해 그 다음 단계로 몸을 움직인다. 몸속 깊숙이 체화시키기. 내 몸에 새겨져 기억되기를 원한다. 그런 진정성을 가지기 위해서는 많은 것을 소유할 수 없다. 한정된 선택만이 존재한다. 오래된 습관은 사고를 규정한다. 더 깊이 보고, 더 깊이 기억하고, 더 깊이 느끼면 된다. 그 '깊은 것' 은 양이 아니고 나의 '체화된 만족감' 이다.

도.일.지.프로그램. 한 도시에서 일주일 지내기! 사람들은 흔적을 남긴다. 도일지를 하면 흔적을 확인하기 쉽다. 대화하기도 쉽다. 그리고 무엇보다 중요한 것은 새롭게 해석하기 쉽다. 그래서 도일지도 보내기가 아니라 지내기여야 한다. 살아가기가 아니라 살아내기여야 한다. 고생스럽더라도, 때로는 무료하더라도 그런 고생과 무료가 내 의지대로여야 한다. 그래서 그 무료함을 내가 스스로 극복하려는 의지도 있어야 한다. 그 과정은 지내는 것이고 살아내는 것이다. 그렇게 하여 해석의 경지에 다다르면 나는 보통사람 일생의 몇 배의 즐겁고 긴 시간여행을 경험한다.

도일지는 체감인 동시에 재회다. 다시 만나는 세상의 법칙을 알려준다. 거자필반. 한 도시에 일주일을 머무르다 보면 풍경도 사람도 다시 만난다. 재회의 가능성은 작은 구속과 작은 친숙함을 동반한다. 익명적 타인에서 '친숙한 이방인' 으로 관계가 변화된다. 관계의 변화를 처음으로 경험하는 순간이다. 한정된 공간에서의 일주일은 그렇게 새로운 해석의 가능성을 열고 확장한다.
일상생활에서 주중은 일하고, 주말은 쉰다. 도일지는 앞뒤 비행기나 교통수단을 이용하면 하루는 비행기를 타게 된다. 비행기 타는 앞뒤 하루씩은 도시에서 도시로 옮겨가며 대개는 대도시에 머무른다. 도일지가 가능한 도시는 사실 많지 않다. 우선 세계적인 대도시들은 여행자로서 그 도시의 사람들을 만나고, 도시의 역사를 알고, 도시민과의 관계를 맺는 데 한계가 있다. 서울, 런던, 뉴욕의 사람들은 모두가 이방인이다. 그리고 이 도시들은 이방인끼리 새로운

네트워크를 형성하며 상업으로 큰 도시들이다. 물론 오래된 골목과 그곳을 지키며, 이방인들과 어울려 사는 지역도 대도시 내에 있겠지만, 그것이 대도시의 중요한 구성물이라고 말하기는 어렵다. 대도시란 오히려 이런 토박이들을 몰아내고, 이방인이 자리를 차지하고, 이방인을 위한 인프라로 만들어진 공간이다. 대도시는 대규모 상업의 중심지이며, 그 상업을 중심으로 커져 왔다. 상업을 통해 사람과 사람이 만나고, 전문서비스 직종들이 그 사이에 넘쳐 난다. 대도시의 속성은 사람과 사람의 만남이 지배하는 상업이며, 사람과 기계, 도구가 만나는 공업이나 수공업의 도시와는 다르다.

아우라를 느끼기에는 풍광과 사람과 전통이 어우러진, 너무 작지도 너무 크지도 않은 적당한 크기의 중소도시가 좋다. 전체적인 분위기 파악에 좋기 때문이다. 아우라란 내가 보려는 작품과 그 주변 배경과의 어울림이다. 그곳만의, 그 작품만의 진가란 그 주변공간과 시간에 제한된다. 맛있는 음식을 먹어도, 멋진 장식품을 사도, 그곳에서는 정말 맛있었고 멋있어서 사 왔던 것이, 집에만 오면 맛이 없어지고 볼품이 없어지고, 얼마 지나지 않아 폐품이 되지 않던가. 대영박물관의 로제타스톤은 멋진 문화재이나, 그것이 영국의 역사와 스토리를 간직한 그 공간에 있을 때에만 그렇다. 만일 책과 핸드폰이 어지러이 널린 내 책상 위에 있다면 전혀 멋지지 않다. 그때의 로제타스톤은 자태를 뽐내는 것이 아니라 그냥 '널브러져 있는' 것이 된다. 역사마저 박탈당한 박제의 로제타스톤처럼.

그래서 적정한 규모의 도시는 아우라를 느끼기에 좋다. 너무 크면 대도시여서 전통을 찾기 어렵고, 너무 작으면 작품의 배경이 될 만한 환경을 만나기 어렵다. 에든버러 같은 도시는 촌스럽긴 하지만 그렇다고 작은 도시는 아니다. 적절한 크기의 도시이다. 내비게이션 관광을 하는 하루 이틀을 빼고, 일주일을 에든버러 같은 도시에서 지낸다면 도시의 아우라를 느끼기에 참 좋을 것이다. 파노라마식 풍광이 한눈에 들어오고, 고풍의 전경과 촌스러운 인간애가 어울림을 자아내는 것은 도시의 또 다른 아우라다. 아우라적 인간은 순수한 인간이다. 실용주의자 제러미 벤담은 대도시인 런던에서 나올 수밖에 없다. 아우라적 인간보다는 이익과 손실을 따지는 실용적, 편익 분석적 인간은 대도시를 배경으로 한다. 차가운 이성과 갈라내는 분석에 능하다.

에든버러는 감성과 흔적의 도시다. 사랑에 쿨하지 못하고, 헤어지고 후회하고 아파하는, 지나간 추억을 되새기며 새로운 여자를 찾지 못하는 진득한 로맨티스트다. 도시적 표현으로는 '4차원 머저리' 들이다. 그런 인간은 볼수록 답답하지만, 다른 한편으로 그들의 역사를 보고 삶의 궤적을 보고 싶어지는 이유는 무얼까. 쿨한 엄친아들의 과거는 왜 한결같이 똑같고-공부 잘하고, 성격 좋고, 약간의 질풍노도가 있고, 예의 바르면서도 영어도 잘하고-, 찌질이 들의 과거는 왜 하나같이 불행의 추억들을 품고 있을까. 불행의 이유는 저마다 다르듯이, 그런 사람을 보고 있으면 그만의 독특함이 있다.

삶은 주름이다. 얼굴의 주름은 자연스러운 것이 좋고, 마음의 주름은 펴주는 것이 좋다. 관리가 아주 잘된 피부보다는, 주름 걱정에 부자연스런 가리개웃음을 하는 이보다는, 깊게 패인 주름 결에 자연스레 피어나는 파안대소가 더 인간적이다. 쿨한 인간은 그냥 계속 쿨하다가 감성이 얼고 표정을 상실한 마네킹 족으로 진화한다. 그냥 스스로를 사람들의 구경거리로만 만든다. 죽음은 온전히 자신의 것이건만, 죽음을 모르는 삶으로 진화가 지속되면 인간에게 불로장생은 인격박탈로 결말날지도 모를 일이다.

여행은 새로운 결핍과의 만남.

여행을 떠나면 예기치 않은 상황과 만난다. 여권을 잃어버려 자기의 국적 정체성을 잃어버리는 건 그것으로 끝나지 않는다. 출입국과 심지어 잠만 자는 자그만 호텔에서도 고객의 국가정체성을 요구하는 시대다. 국가정체성이 없다면, 테러분자로 의심받고, 범죄자로 의심받고, 부랑자로 의심받고, 자살자로 의심받는다. 여행을 한다는 건 이국땅을 디디는 것이고, 그래서 여행은 애국자를 만든다. 내가 결핍된 자가 되어 보면 더욱 절실하다. 돈이 없고, 여권을 도둑맞고, 나라 이름을 말해도 사우스코리아와 노스코리아를 구분하지 못하며 말하는 영국인들. 억울하지만, 하소연할 곳은 나 스스로의 자존심뿐이다.
사실 여행 자체가 결핍이다. 편안한 안정과 일상의 결핍, 충분히 예상 가능한 것으로부터의 탈피, 모든 것이 결핍되고 오직 미지의 두려움으로 채워지는 것이 여행이다. 정상으로부터 일탈하고, 중심에서 주변으로 밀리고, 충만에서 결핍으로 돌아갈 때의 내가 본질적이고 심층적인 나다. 우리 인간의 본질은 그런 결핍을 채우기 위해 애착과 집착을 끊임없이 만들어 냄이다. 사랑하기 전까지는 싸움도 없이 잘 지내다가 사랑이 시작되면 싸움이 시작되지 않는가. 그것은 자신의 사랑을 끊임없이 확인하려는, 사랑의 완벽함을 위해 결핍을 채우려는 애착과 집착에서 나온다. 아무것도 아닌 것, 자그마한 일로 오해가 시작되고 그것이 싸움이 되고, 그 싸움이 해결되면 사랑을 다시 확인하고, 싸움과 함께 끝나버리기도 한다. 그렇게 스스로가 스토리, 신화를 만들어가고 그런 나를 진정한 나로 착각하고 사는 것이다.

한국인의 정체성도 한국인으로서의 애착을 느끼는 상태이다. 한국인이라는 정체성을 때로 부끄러워하는 사람들도 있지만, 이런 사람들도 '결핍' 의 상태를 경험하고 나면 한국이라는 나라가 자신에게 얼마나 큰 결정력을 발휘했는가를 깨닫는다. 집 떠나서 개고생해 봐야 집의 고마움을 안다고 하지 않던가. 나라를 떠나서 고생해봐야 나라의 고마움과 그로 인한 나라에의 헌신감도 움튼다. 그러나 그 나라 안에서 충분한 안정감을 찾을 때는 굳이 자기 나라를 찬탄하고 싶지 않다. 그 나라의 안정감 안에 포함되어 안정되어 있는 내가 역으로 절대적 안정성의 결핍을 더욱 느끼기 때문이다. 어머니의 자궁 같은 완벽한 안정성을 위해 끊임없이 한국인임을 폄하하고 냉소한다. 그렇게 해도 결국 완벽한 안정성에는 도달할 수 없다. 오히려 고생과 장애를 통해 스스로 한국인임을 자각하는 것이 '적절한 거리' 에서 한국인을 바라볼 수 있게 해준다.

중년의 여행도 비슷하다. 중년이라고 '편안한 노마디즘' 을 원하는 것은 쓸모없는 짓이다. 내비게이션 관광이 아니어야만 기억에 남는 관광이 된다. 열심히 앞사람 따라다니면서 설명을 듣다 보면 내가 보고 만나는 그 나라의 풍광과

THE
WILD
WWW.DULOG.CO.UK
C too
venue 4
ST COLUMBA'S
BY THE CASTLE
5-30 Aug
9.50pm
0845 260 1234
www.CtheFestival.com
SO
R
PAPER ONLY

사람보다 앞사람 뒤태나 앞 의자의 뒤태를 더 오래 관광하게 된다. 다급하게 돈을 쓰고 피곤에 절은 모습은 여행한다는 그 여유로움과 즐거움에 비춰봤을 때 해괴하다. 그러나 그 해괴함이 이미 우리의 여행 모습이다. 늙어서 놀지 않는 것이 아니고, 놀지 않아서 늙은 것이라고 하지 않던가.

젊음은 여행이다. 아우라는 여행하지 않는다. 아우라는 '바로 그곳' 에만 있다. '진정한 위스키' 는 여행하지 않는다. 스코틀랜드, 바로 그곳에 있다. 박스에 실려 비행기 타고 배 타고 모방하고 난 뒤 우리 손에 닿은 위스키에 어찌 아우라가 있겠는가. 그때의 위스키는 스토리도 없고, 역사도 없는 그냥 단순한 술일 뿐. 젊음은 아우라를 느끼고 흡입하는 것이다. 아우라를 느끼려면 그곳에 가야 한다. 모험심으로 새로운 공간을 개척해보는, 비록 경험 자아는 불행하나, 기억 자아에게는 풍요로운 추억을 주는 여행, 그 흔적을 통해 인생은 따뜻해지고 웃음은 여유로워진다.

Soraya
FASHION
PORTRAIT...

Jakil

여섯째 날, 쿼티의 시대

에든버러의 해변은 정연하다.

잘 정돈되어 있다. 크루즈 정박 항구는 쇼핑몰과 브리테니아호가 서로 연결되어 있어 사람들이 늘 운집한다. 에든버러 항구에서 스코틀랜드의 무역과 전쟁의 역사는 서로 어우러진다. 에든버러만이 아니라 영국의 어디를 가 봐도 해변의 난개발은 없다. 사유지일 터인데 어찌 그리 정돈이 잘 되어 있는지. 우리들의 멋진 해변이 포장마차나 임시 건물들과 어울려 '난데없는 모습'을 연출하는 것과는 대조된다. 그건 사실 국가의 문제나 경제의 문제라 보긴 어렵다. 영국의 해안들은 대부분 사유지이지만 땅 소유자들이 죽으면서 자신의 땅을 내셔널트러스트에 기증한다. 자기 땅을 왜 기증할까. 그것도 가장 많은 수익을 올릴 수 있는 해변의 땅들을…. 도저히 이해하기 어렵다. 우리 머리로는 그렇다. 한국 동해안의 최고 경치를 가진 땅 주인이 그 땅을 자선단체에 기부한다? 자식들은 두고두고 부모를 원망할지도 모를 일이다.

내셔널트러스트는 가치 있는 국가의 자원이나 보물을 신탁하여 운영하는 단체이다. 국가단체도 아니고 민간단체도 아닌, 자선형태의 시민단체이다. 이 단체는 기부받은 땅으로 난개발을 막고, 영국의 자연유산, 문화유산을 길이 보존하는 최고의 방법을 선택한다. 자본주의에서는 개인의 이해관계가 공동체적 이해관계를 넘어선다. 그렇다면 기부 행동이 어찌 그렇게 일어날까. 우선은 상속에 대한 관념의 차이가 큰 듯하다. 가족의 가치가 물론 가장 중요한 덕목이지만 그것이 재정적 풍족함에 의해 유지된다고 보는 것은 아닌 듯하다. 가족적 가치는 재정적 풍족함과 별개라고 본다. 오히려 영국인으로서 영국이란 나라를 위해 헌신해야 한다는 마음이 개인적 수익보다 훨씬 크게 영향을 미치는 듯하다. 그런 마음은 국가에 대한, 민족에 대한 신뢰에서 움튼다. 나의 안온한 생활은 국가를 포함한, 나를 둘러싼 공동체의 안녕과 직접적으로 연관된다고 생각하는 것이다.

그런 마음가짐은 그 나라의 기본소득제도와도 관련된다. 기본소득이 있는 사람들은 자신이 직장을 잃어도 자신이 최소한의 비용을 가지고 취미생활을 즐길 수 있다. 이 사회가 기본소득도 보장하지 못하는 불안한 사회이면, 주변에서 불안한 사람들을 볼 수밖에 없고, 주위 사람들이 모두 미래에 대한 걱정을 안고 사는 것만 느낄 것이다. 그렇게 되면 자기 자식도 당연히 걱정된다. 혹시나 내 자식이 빈털터리 되지나 않을까 하는 불확실성에 대한 불안이다. 그래서 철저히 재산에 집착한다.

상속은 불안정한 사회에서 더욱 강하게 유지되고, 반면 배려의 사회에서는 감소한다. 상속이 본질의 자리에 오르면, 그만큼 척박한 사회이자 국가라고 생각해도 무리가 없다. 영국은 완벽하진 않지만 어느 정도 선에서는 기본소득이 보장된 나라다. 가족가치에 집착하려 애쓰지만, 그래서 상속 또한 한국만큼은 집착적이지 않다.

지금까지 관광과 축제를 즐기면서도 나라의 성장을 구가할 수 있었던 소비 시대의 역사가 이제 인플레이션의 덫으로 한계에 봉착하였다. 따라서 이 시점에서 사회적 자본에 기댄 성장은 개인의 행복도 증진시키고 성장에도 기여한다는 면에서 미래 성장비전을 고민하는 우리에게 던져주는 바가 크다. 그래서 정보화 기술은 새로운 가능성의 기술이다. 끊임없이 인간을 소외로부터 구제하려는 사회적 기술이기 때문이다. 초기 PC통신의 하이텔, 천리안 동호회가 그랬고, 웹3.0시대의 페이스북, 오픈마켓이 그렇다. 기술은 이렇게 인간의 소외와 관계, 나아가 도덕과 윤리를 반영하는 기술로 발전하고 있다. 인간의 시간은 한정되어 있다. 모든 인간은 공간과 시간의 제약에서 자유롭지 못하다. 기술도 선택의 문제이다. 자신에게 맞아 호감 가는 기술을 선택하지, 많이 생산된다고 선택하는 것은 아니다. 자동차가 많아져 도로가 느려지면 더욱 빠른 자동차를 선택하는 이도 있지만, 동시에 사람들은 이제 지하철, 버스를 타고 별다방, 콩다방에서 사람들과 네트워킹하기를 더 원한다.
한국의 모든 운전사가 그렇지는 않더라도 열에 한 명만 이라도 친절한 버스를 운행한다면 더 많은 사람이 버스를 타려고 할 것이다. 그러면 한국인의 운전 시간은 줄어들어 네트워킹할 시간은 더 많아지고, 사회자본은 자연히 늘어날 것이다. 또 이로 인해 사람들의 하루 기분이 더 좋아지고 그들의 일터에서 친절한 말씨가 퍼져 웃음이 한 번 더 묻어나면 그것은 한국의 국가경쟁력에까지 효과를 미칠 것이다. 막스베버가 자본주의 생산성이 종교적 정신의 힘에서 비롯되었다고 분석했듯이, 사람과의 신뢰와 믿음이 점점 중요해지는 시대에 정겨운 말 한마디와 상쾌한 예의 지키기가 사람과 사람사이의 의사소통과 네트워킹을 촉진시키고, 그것이 국가경쟁력에 기여하는 바는 명확할 것이다.

회의 참석차 가끔 홍대입구역에서 시내버스로 상암동까지 간다. 문화산업관련 정부기관과 업체들이 모여 있는 상암동으로 가려면 2호선 홍대입구역에서 내려 버스로 갈아타는 편이 가장 좋다. 버스번호는 7711번. 정형복씨라는 운전기사가 이끄는(운전기사 이름은 버스 안에 누구나 볼 수 있게 되어있다) 버스를 가끔 타게 된다. 기억에 남는 운전기사다. 그 운전기사는 다른 운전기사와 다르게 사람들이 문을 올라와 자리를 잡고 앉을 때까지 기다렸다가 차를 출발시킨다. 몸이 불편하신 노인들이 탈 때면 더욱 조심하여 출발할 때도 늘 "출발합니다." 라는 말로 주위를 환기시킨다. 피로에 지친 운전기사의 모습이

전혀 아니다. 그 버스를 타면 기분이 좋아지고 세상이 멋져 보일 정도다.

국가경쟁력을 말할 때 흔히 최고의 기술을 갖춘 최고의 인재를 이야기한다. 이들이 차지하는 비중이 큰 것은 분명하나 이것도 사물의 한 면 만을 보는 것이다. 그렇다면 러시아에 세계적인 인재가 모여 있어도 국가발전에 있어서는 늘 정체되었던 이유는 무엇일까, IMD 보고서의 국가경쟁력 순위에서 상위권을 한 번도 놓친 적이 없는 덴마크, 네덜란드, 핀란드에는 세계 랭킹에 오르는 대학이 하나도 없으나 여전히 세계 최고의 국가경쟁력을 놓치지 않는다. 그 이유는 무엇일까? 그 답은 의외로 간단하다. 세계적으로 '표준화된' 발전모델보다는 자국의 발전에 가장 적합한, 내실 있고 충실한 교육과 사회제도를 갖고 있기 때문이다. 한 일간지에서 보도한 〈교육에서 찾은 핀란드의 국가경쟁력〉은 그런 사례를 잘 보여준다. 핀란드만의 발전모델, 집토끼 산토끼 잡기 같은 제로섬게임이 아니라, 행복과 경쟁력 둘 다 잡아내어 모두가 승리하는 퍼서티브섬 게임과 같은 교육모델에서 세계적 경쟁력을 잡아낸 실마리를 본다. 이러한 교육모델에서는 경쟁을 조장하기보다는 오히려 경쟁을 막는다. 치열한 경쟁은 모방하는 능력을 키우는 데는 유리하지만, 창의성은 소모시키기 때문이다. 창의성은 협동과 친하다. 이런 형태의 교육이 가능한 이유는 한국처럼 '진도의 압박' 이 없기 때문이다. 지식은 학생 스스로가 구성해간다는 구성주의학습법을 실천하고 있는 것이다. '표준(Standard)' 이라는 낱말은 핀란드 교육에서 경계 대상으로 여겨진다. 모든 학생이 따라야 할 표준이 없으니, 개별 학생이 표준에 얼만큼이나 다가갔는지 측정하기 위한 시험도 없다. 핀란드

학생들은 16세가 돼서야 첫 시험을 치른다. 두 번째 시험은 인문고등학교 3학년 때 치르는 대학입학자격시험이다. 그리고 당연히 세계 표준에 상응하는 학생이 적어 세계적인 순위의 대학도 없다. 그렇게 하고도 교육경쟁력, 국가경쟁력은 세계 최고다. 물론 한국도 교과 과정의 원칙은 구성주의학습이다. 그러나 말과 행동이 한국에서는 다르다. 달.라.도. 큰. 문.제.가. 없.기. 때.문.이.다. 정치인이 그렇고, 연예인이 그렇다. 표리부동이 예의범절이라고 생각한 오랜 가치가 한국적 교육모델의 표본이 되었다. 그렇게 우리는 우리에게 맞는 우리의 모델을 찾아가는 실천에 아직은 많이 서툴다.

이태리는 험준한 산악지형 탓으로 제철생산에 부적합한 땅이었지만, 그 지리적 조건 때문에 미니밀이란 모듈화된 소형제철공장을 만들었다. 열악한 환경으로 제철에는 부적합해 보이는 나라였지만, 새로운 시장을 개척했고, 소형제철공장의 세계적인 경쟁력을 갖게 되었다.

한국은 가진 천연자원이 아무것도 없어 기간산업을 조성해야 한다는 명목으로 제철산업을 일찍 선점하면서 세계적인 제철소를 갖게 되었다. 한국의 높은 인구밀도가 국가경쟁력을 저해하고 우리만의 문자인 한글사용으로 국제화가 더디다고 했지만, 오히려 높은 인구밀도 덕분에, 그리고 정보화에 적합한 한글 덕분에 세계 어느 나라보다도 정보화에 앞서 갔다. 한 국가의 경쟁력은 '잘하는 것들만 모아놓으면 된다.' 라고 쉽게 단정할 수 있는 것이 아니다. 그것은 넓은 시각과 장기적인 관점에서 봐야 진정하게 평가될 수 있다. 굴욕의 인생을 살았건만 우륵은 가야금을 통해서 가야를 역사에 남겼다. 개인의 성공도 그렇게 쉽게 가늠할 수 없는데 하물며 한나라의 성패야 말할 것도 없다.

한국사회는 지금까지 성장률에 매달려 왔다. 이제는 성장률의 고통과 행복의 조화를 이룰 수 있는 산업발전에 대해 고민해봐야 한다. 지금 세계적인 우위를 점유하고 있는 반도체는 기업의 핵심기술은 될 수 있으나 한 국가의 산업으로서는 부적합해 보인다. 반도체의 자동화가 반도체 인력은 증가시키겠으나, 전체 산업에 고용 창출 효과는 그리 커 보이지 않는다. 관광산업 역시 반도체의 경우와 같다.

20세기는 자동차와 컴퓨터의 시대였다. 자동차는 이동의 수단을, 컴퓨터는 커뮤니케이션의 수단을 대변했다. 이동과 커뮤니케이션은 20세기 화두였고 그것이 새로운 수요창출로 산업발전과 연계되고 고용창출도 이루었다. 우리가 지금 몸담고 있는 21세기는 어떻게 하면 이동하면서 커뮤니케이션을 잘할 수 있는가가 지배적인 화두가 되었다. 그렇다면 인간의 그다음 욕구는 어디로 흘러갈 것인가?

'쿼티(QWERTY) 경제' 란 재미있는 말이 있다. 쿼티는 아무런 의미가 없는 말이다. 그냥 키보드 자판 맨 위 왼쪽의 영어순서이다. 그렇지만 사람들이 쿼티를 쓰다 보면 익숙해지고 당연해지고 그리고 하나의 고정된 현상으로 인식된다. 아무리 객관적인 효율성을 들이대며 키보드자판의 새로운 배열을 주장해도 쿼티를 바꾸기는 정말 어렵다. 노벨 경제학 수상자인 톰 크루그만은 이런 쿼티 이야기가 더 이상 사소한 이야기가 아니라고 역설한다. 이유인 즉 애덤 스미스가 국부론 서두에서 묘사한 핀 공장의 경우와 같이, 그것은 우리의 눈을 열어 경제에 대해 완전히 다른 방식으로 생각할 수 있게 해 주는 우화라는 것이다. 그 다른 사고방식은 시장 경쟁의 결과가 때로는 역사의 우연에 결정적으로 좌우된다는 것이다. 소위 경로종속(path dependence)이다. 즉 끝나는 지점이 도중에 발생하는 사태에 따라 달라진다는 것이다.

물론 이와 같은 결론에는 정치적 의미가 담겨 있다. 왜냐하면 머리를 쓸 줄 아는 정부라면 역사의 우연을 정부가 원하는 대로 만들어갈 수도 있겠다고 여기기 때문이다. 가장 대표적인 사례가 산업입지이다. 산업입지를 결정하는 역사와 우연의 역할에 대해서는 어렵지 않게 알 수 있다. 카펫은 왜 하필 미국 조지아 주 댈튼에서 만들어지는가. 산업의 지역화는 경로종속이다. 역사적 우연의 강력한 역할이다. 실리콘밸리는 스탠퍼드 대학의 부총장 프레더릭 터먼의 비전에 따라 1940년대 소수의 첨단 산업을 지원하면서 주변에 유명한 첨단 산업의 집중을 결절 맺게 한 씨앗이 뿌려졌던 곳이다. 댈튼의 카펫산업은 결혼 선물로 술을 단 침대커버를 선호한 10대 소녀들을 노리고 1895년에 이 지역에 들어서면서 산업 집중의 계기를 맞았다. 당시에는 지역수공예산업으로 시작되었다가 2차 대전 후 술을 단 카펫이 천을 짜서 만든 융단을 대체하게 되면서 수공예산업으로 닦여진 숙련기술이 결정적 역할을 하였던 것이다.

작은 것에의 투자가 실패로 끝날 수도 있으나 역사는, 특히 현대의 역사는 그런 "수많은 작은 것 속에서의 우연성" 에 기대고 있다. 될 놈만 키운다 하지만 그건 장치산업 중화학산업이 번창하던 시기의 이야기이다. 창조성이 지배하는 현대시대에는 누가 무엇이 될지 아무도 모른다. 잘 될 놈은 떡잎부터 알아본다고도 하지만 대기만성적 인간과 기업도 도처에 널려 있다. 어려울 때 적은 돈은 풍족할 때 큰돈의 몇 배의 효과를 가진다. 이 사회가, 인간의 욕구가 어디로 흘러가는지 정확하게 예측하는 것은 사실 불가능하다. 단지 짐작만 할 뿐이다. 그래서 사회 곳곳에 잠재해있는, 앞으로 될 성싶은 그 많은 '작은 떡잎' 들에게 활력을 갖게 만드는 모세혈관적 역할은 경제위기를 구원하는 현대국가의 또 다른 경쟁력이 되어 가고 있다.

'작은 떡잎' 이야기 하나.

해외를 다니다 보면 한국 사람으로서의 자긍심도 많이 느끼지만, 문화유산의 관점에서 보면 '배 아픈 경험' 이 더 많은 것이 사실이다. 스코틀랜드지역만이 아니라, 좀 못산다는 동유럽만 돌아다녀 보아도 눈에 띄는 많은 문화유산 건물들을 갖고 있는데, 그것만으로 엄청난 관광수입을 올리는 것을 볼 때 그런 경험을 쉽게 한다. 그 유산들은 저마다 갖고 있는 이야기들로 건물들과 함께 어우러져 있어 사람들의 호기심을 자극한다. 또한 더욱 놀라운 사실은 이러한 전통적 유산들이 사람들과 멀리 떨어져 있지 않고 현대의 도시 모습들과도 함께 공존한다는 것이다. 유럽의 시청사와 성당, 광장 등이 모두 도시형성의 상징이었고 지금도 사람들은 그런 오백 년 육백 년 된 유산의 건물에 테라스를 두고 테이블에 앉아 커피를 함께 마시며 담소를 나눈다.
반면 우리는 일제 식민지와 한국전쟁을 거치면서 그리고 급속한 산업화와 도시화를 거치면서 주요 유산들이 소실되고 몇몇 남루한 유산들만이 도시에 흩어져 있다. 그나마 그런 문화재들마저도 늘 벽으로 둘러쳐 있고 기껏해야 시민의 산책로 한 부분을 차지할 뿐이다. 문화재는 철저히 전시물이지 현대인과 함께 살아가는 그 무엇이 아니다. 사람들의 실생활과는 철저히 유리된 채 문화유산들은 '소외' 되고 있다. 그런 우리나라를 보면 갈 길이 참 멀다는 생각도 쉽게 든다.
동유럽을 다니다 보면 우리나라의 성냥갑 같은 아파트들을 만나기도 한다. 헝가리에도 거대한 아파트촌이 있다. 우리나라와 유사한 아파트를 보며 유럽문화도 현대에는 어쩔 수 없구나 하지만 이내 그 아파트가 소련 공산주의 시대의 유물임을 알면 우리의 실상이 더욱 우울해 보인다. 지금도 성냥갑아파트는 하층민의 고단한 삶을 대변한다.
문화유산과 자연풍광의 조화도 우리에겐 너무 먼 이야기다. 센 강, 다뉴브 강, 몰다 강 등 유럽의 강들 주위에 펼쳐진 고풍스러운 건물들은 중심 강과 잘 어울려 있으나 우리의 강, 특히 한강은 아파트 천편일률적이다. 물론 요즘 아파트들이나 주상복합 등의 건물이 조금 더 색다른 건축물이어야 한다는 생각에서 심의를 강화하고 있긴 하나 그런 것이 우리나라의 이미지를 바꾸는데 얼마나 기여할지는 미지수인 듯하다. 이런 아파트들을 두고 쉽게 연결 가능한 한국의 빠른 산업화에 대한 이야기나 잘 담을 수는 있을지 모르겠다.

그러나 시작이 있으면 끝도 있는 법이다. 현재는 과거의 얼굴이고 미래는 바로 이 현재에 의해서 쌓아진다. 우리가 전통을 찾을 수 없다고 낙담하는 이 순간 우리 후손들에게도 남겨줄 것이 없게 된다. 지금부터 우리의 후손을 생각한다면 우리는 다르게 할 수 있다.

유럽 여러 나라를 보더라도 물론 제 각각이 특색은 있으나 유럽의 문화에 갇혀 있는 느낌을 받는다. 첫 번째 한두 나라로부터는 인상을 받지만, 대개는 비슷한 양식의 건물에 비슷한 역사를 공유하고 있다.

스코틀랜드 왕조와 잉글랜드 왕조의 비교처럼, 유럽의 오스트리아 왕조의 문화도 프랑스 왕조의 유산에 비교한다면 열등한 문화일 수밖에 없다. 스스로 프랑스가 벤치마킹의 대상임을 알려줄 뿐이기 때문이다. 그래서 현대의 오스트리아는 음악이라는 하나의 컨셉으로 도시를 다시 치장했다. 잘츠부르크, 빈이 모두 음악의 도시로 거듭났다. 그리 오래지 않은 2백 년 전에 살았던 모차르트를 거대한 문화콘텐츠로 탈바꿈시킨 것이다. 이로부터 나오는 무궁한 콘텐츠로 지금 그 도시는 다시 예전의 영광을 누리고 있다.

지금 우리가 성냥갑 아파트라고 우리의 아파트 성채를 자조하며 우울해하는 순간부터 우리의 미래 후손도 같은 운명을 겪게 된다. 우리는 후대의 선조로서 지혜를 발휘해야 한다. 지금의 약점은 향후의 강점이 될 수 있다. 오스트리아처럼 유럽의 문명도 알고 보면 자신들의 약점을 방어하는 과정에서 생겨났다. 거대한 성도, 훌륭한 건물들도 모두 자신들의 왕조를 보호하고 과시하고 때로는 상대방을 질시하는 것으로부터 생겨났다. 후손들을 위하는 '거대한 명분' 이 아닌 자신을 드러내기 위한 '옹졸한 이익' 으로부터 출발한 것이 다반사다. 그러나 지금은 그들 또한 새로운 미래를 위해 현재의 역사를 다시 쓰고 있다. 그것으로부터 새로운 콘텐츠를 만들어내고 있다. 바로 지금 이 순간에도 그들은 후손을 위해서 투신하고 있는 것이다.

사실 한국을 방문하는 이들은 겉으로 당장 보이지 않아서 그렇지 우리가 세계적인 콘텐츠를 갖고 있다는 사실에 놀란다. 그것도 가장 현대적인 콘텐츠. 바로 '산업화' 와 '민주화' 이다. 이 두 가지를 자력으로 동시에 이룬 나라, 그것도 완전한 전쟁의 황폐화로부터 이룬 나라는 전 세계에서 한국뿐이라는 것이다. 그러나 고도성장의 상징인 한강변 아파트와 함께 제일 먼저 봐야 하는 것이 벽에 써진 아파트이름이고 아파트 방문객이 아니라면 아무런 의미 없는 아파트 동 숫자란 것은 이제 더 이상 자랑거리가 아니다. 심미적 현대인들에게는 비통함만을 가져다줄 뿐이다.

지금 이 세계에는 많은 혁신적인 예술가들이 있다. 세계적인 사진예술가 그룹인 매그넘의 한국을 주제로 한 전시회는 한국이란 나라에 새로운 이미지를 덧붙였다. 매그넘 전시회를 보면서 한국의 부끄럽고 숨기고 싶은 뒷골목도, 아이들의 어쭙잖은 포즈도 모두 뛰어난 예술로 탈바꿈되었다. 그러면서 한국이 얼마나 역동적이며 문화의 다양성이 넘쳐나는 곳인지를 세계인에게 보여주었다. 지금 세계에 존재하는 그 많은 예술가 중에 어떤 예술가는 우리의 삭막한 아파트 성채를 인간미가 넘치는 첨단 미디어아트로 바꾸고 싶어 하는 이도 있을 것이다. 또 우리의 한강변 아파트를 물과 어우러지는 색깔의 향연으로 장식하고 싶어 하는 이도 있을 것이다. 밋밋한 한강변 아파트를 세계적인 야경의 무대로 만드는 '혁명적 전환'을 꿈꾸는 아티스트도 있을 것이다. 만약 최근의 첨단 인터랙티브 미디어아트를 받아 지나가는 자동차 안에서 내 핸드폰을 만지작거렸을 때 아파트 벽면의 조명이나 빛깔이 변한다면 사람들은 한국에 대해 어떻게 느낄까? 한강변 전체의 아파트 벽면에 계단을 만들어 나무를 심고, 에어컨 팬이 튀어나온 화분대에 색깔 가득한 꽃을 심으면 어떨까? 세계의 예술가들에게 한번 한국의 섬뜩한 아파트 성채를 획기적으로 바꿀 수 있는 문화콘텐츠를 생각해보자고 제안하자. 작은 국토와 작은 가용토지를 가진 한국이 그 콤플렉스를 벗어나기 위해 라스베가스나 두바이처럼 획기적인 거대 건물로 승부하는 것도 한 방법이지만 한국인만이 지닌 독특한 맛을 내는 것은 더욱 중요하다. 진정한 국가의 힘은 선조의 유산을 탓하지 않고 후손에게 물려줄 유산을 고민할 때 나오기 때문이다.

TAILORS HALL

ALPINE
NORTH WALES
LLANDUDNO
0800 0432452

일곱째 날,
사랑은 함께 수면을 취하는 것, 행복은 함께 깨어 있는 것

남자들의 자살률은 여자보다 세배나 높다.

스코틀랜드의 자살률은 다른 잉글랜드지방보다 거의 두 배나 높다. 수도 에든버러나 대도시 글래스고우는 스코틀랜드 평균보다도 더 높다. 남자들의 자살률은 여자보다 세배나 높다. 남자들은 25세부터 34세 사이의 나이에 가장 높은 자살률을 보인다. 만 명당 40.8명이다. 그다음이 35세부터 54세이다. 젊은 남자 청춘과 중년들의 삶이 팍팍하다는 얘기다. 여자보다 거의 네 배가 높은 자살 수치다.

원인은 무엇일까. 왜 스코틀랜드는 자살률이 높고, 특히 남성들의 자살률은 더욱 높은 것일까. 스코틀랜드의 자살분석 보고서에서 자살의 가장 큰 원인으로 제시한 것은 양극화였다. 에든버러의 계층화가 점점 더 심각해지고 이것이 자살의 중요한 원인으로 언급된다. 로열 마일로 대표되는, 귀족만이 다니던 길이 있을 정도의 귀족과 평민, 농노의 계급차가 역사적으로 각인된 스코틀랜드. 지금도 노예들이 살던 언더그라운드 지역이 도시에 존재하고 여전히 가난한 자들이 그곳에서 삶을 영위하고 있다. 귀족들은 거대 부동산을 소유하고 대대손손 사회의 상층부를 장악하고 있다. 스코틀랜드는 영국의 부르주아혁명을 피하면서 귀족이 상층으로 계속 온존할 수 있었던 역사를 갖고 있다.
한국에서도 남자의 자살률이 여자보다 세배 정도 높다. 자살의 남녀비율 격차는 세계적인 추세이다. 그러나 자살률 자체가 '세계적인 수준' 인 원인은 스코틀랜드와 유사하다. 양극화 때문이다. 그렇다면 그런 양극화는 지금의 경제적 문제 때문일까 아니면 역사적인 문제 때문일까. 한국의 적산불하가 제대로 청산되지 못하고, 그것이 흘러 흘러 경로의존(path dependence)이 되어 양극화를 구조화시키고 다른 나라보다 더욱 심한 양극화를, 그래서 자살률 1위의 오명을 남기고 있는 것은 아닐까. 아직도 청산되지 못한, 그리고 이제는 시기를 놓쳐 그 굴레에 속박된 한국의 역사 모양은 스코틀랜드의 역사 모양과 닮았다. 모양은 달라도 색깔 띠는 똑같은 프리즘 같은, 그런 역사의 닮은꼴이다.

여행지에서 풍광을 보고 그 풍광을 그냥 멋진 것으로 생각하고 끝내면 관광객의 시간은 끝난다. 이주민, 거주민, 시민, 주민은 없다. 스코틀랜드의 사례에서 건강한 문화의 가능성을 읽자. 자살에서 남녀차이는 공히 세계적이다. 자살이 높든 낮든 자살률의 차이에서 남녀는 동등하지 않다. 자살율이 높거나 낮거나 관련 없이 남자가 거의 두 배, 세 배가 높다. 이것은 자살의 원인이 사실 남녀 차이이긴 하나 동시에 진화의 결과임을 반증한다. 사회경제적 결과물이 아니라는 것이다. 그만큼 처방의 가능성도 적다. 그냥 이해하는 것이 가장 빠른 길이다. 사회적인 대안에 남녀에 대한 다른 접근이 있으면 좋겠으나, 그런 처방의 효과를 기대하기는 어렵다. 진화적 요인은 아마도 남자는 사냥을 했고, 여자는 채집했던 것에서 유래할 것이다. 사냥하는 중에는 서로 얘기하기 어렵고 얘기를 한다고 해도 사냥하기 위한 역할분담, 비즈니스 이야기에 국한된다. 사냥이 끝나 성공하면 성공의 과실을, 실패하면 실패의 원인을 따지기 위해 또 갈등한다. 그래서 남자들은 언제나 싸움에 능해야 하고 늘 경쟁에 신경 써야 한다. 반면에 여자는 전리품을 나누어 가지는 존재다. 그래서 함께 이야기할 수 있는, 비즈니스 지향적이 아닌 자신의 주변 삶과 일상에 대해 이야기하기 좋은 여건이 된다. 서로 이해의 가능성이 커지고, 사회적 지지도에 대한 인식도 높다. 남녀의 차이는 그렇게 난다. 그렇지만 그 처방은 남자와 여자의 역할을 뒤바꾸거나 남자의 사냥부담을 줄여주는 것인데, 누군가 사냥해야 한다면 다시 그것은 문제를 해결하는 것이 아니라 전이하는 것일 뿐이다.

그래서 자살은 지역에 초점을 맞추어야 한다. 지역별 차이에 초점을 맞추면 그 대안의 가능성도 커진다. 지역별 차이에서 가장 중요한 차이는 사람들 사이의 관계, 즉 공동체성이다. 그 지역의 공동체성을 해치게 되는 제1의 원인은 상대적 박탈감이었다. 그것이 스코틀랜드의 자살률 분석을 통해서도 밝혀졌다. 스코틀랜드는 1994부터 2003년까지의 자살률 분석을 완료하고, 그 종합적이고도 근원적인 원인분석을 2007년에 내놓았다. 지역별 자살률을 비교 분석해본 결과, 개인적 성향차이와 남녀 차이를 제외한 차이 중에서 가장 중요한 원인은 지역별로 다르게 나타난 계층 간 격차였다. 계층 간 격차가 큰 지역은 자살률이 높았고, 계층 간 격차가 작은 지역은 그만큼 낮았다. 그래서 그 해결책도 지역에 초점을 맞추는 것이 맞다.

행복에는 동서지간이 가장 중요하다.

가장 쉽게 비교되는 대상의 문제이다. 가장 가까이 보기 쉬운 곳에 그러나 완전한 동지도 아닌 경쟁 관계에 있는 사람이 있으면 그 사람이 가장 쉬운 비교 대상이 된다. 쉬운 비교 대상이 인생의 행복에 가장 빈번히 그리고 가장 결정적으로 개입한다. 그게 물론 모두에게 적용되는 것은 아니지만, 일반적 현상이다. 형부, 제부(sister's husband)의 행복이론. 많은 행복론이 있고 그 행복의 철학과 원칙을 말하는 연구들이 많지만, 아마 가장 와 닿는 행복론이다. 이론으로도 일리가 있다. 심리학에서 인간을 설득하는데 가장 영향을 미치는 외부효과의 요인은 두 가지이다. 가장 눈에 띄는 것(the visible) 그리고 가장 가까운 것(the proximate). 심오한 행복이 아니고 인생에서 그냥 느끼는 자연스럽고 작은 행복을 말할 때도 이 두 요인은 일리가 있다. 장인 장모가 사윗감을 놓고 비교하는 것도 한국의 오래된 습관이다. 그래서 형부, 제부보다 사회적 지위나 수입이 조금만 나아도 부인으로부터의 잔소리가 적어지고 행복도도 상승한다. 부모에게는 사윗감이 가장 눈에 띄고 가장 가까이 있는 비교 대상이기 때문이다. 그런데 문제는 이게 차이가 날 때, 그 차이가 나는 상대방중 열위에 있는 쪽이 문제다. 이 사람들은 자기보다 열위에 있는 사람들이 없기 때문이다. 제로섬게임이다. 결국, 행복한 사람이 있으면 불행한 사람도 있게 마련이다. 행복한 사람의 행복의 양은 불행한 사람의 불행한 양에 비례한다. 이것을 극복하는 방법은 결국 차이를 줄이는 방법이다. 퍼서티브섬이 아니기 때문이다. 차이를 줄이면 불행을 줄이고(물론 그런 면에서 행복도 동시에 줄어들고), 그래서 양자가 동시에 행복을 찾을 수 있는 새로운 대안을 모색하기 때문이다. 그게 스포츠가 될 수도 있고 여행이 될 수도 있고 때로는 대화가 될 수도 있다. 그 전제는 양자의 사회경제적 지위의 차이가 작아야 한다는 전제이다. 도시민에게도 가장 가까이 사는 지역의 사람들이 비교 대상이 된다. 스코틀랜드의 사람들에겐 귀족들, 대토지를 가진 대지주들이 가장 눈에 띄면서도 가까이 있는 비교 대상들이다. 한국과 스코틀랜드가 동시에 짊어진, 그러나 언젠가는 덜고 내려놓아야 하는 짐이다. 그러기 위해서 도대체 무엇을 할지를 고민해야한다. 명문대에 목매고 그것이 일생의 차이를 규정하게 되면 결국 제로섬을 극복할 가능성은 없고 불행은 지속된다.

공동체성을 갖는다는 건 나와 다른 사람의 심정을 이해하는 공감의 능력이다.

동정심을 갖는다는 것은 타인의 불행을 함께 겪을 뿐 아니라 환희, 고통, 행복, 고민과 같은 다른 모든 감정도 함께 느낄 수 있다는 것을 뜻한다. 이러한 동정은 고도의 감정적 상상력, 감정적 텔레파시 기술을 지칭한다. 감정의 여러 단계 중에서 이것이 가장 최상의 감정이다. 아주 좋은 음악을 들으면, 감정적 텔레파시가 생겨 생사일여의 최상의 감정이 방류된다.
밀란 쿤델라는 사랑이란 함께 수면을 취하는 것이라고 했다. 수면은 꿈의 공유이다. 동시에 사랑은 손을 함께 잡는 것이다. 놓지 않고 잡은 손이 사랑이다. 손은 두 개다. 두 사람을 잡는다. 그리고 그 두 사람을 잡는 순간 나는 가운데가 된다. 사랑을 하면 애인이 있고 자식도 있다. 그것이 자연의 이치이다. 사랑은 몰입이자 망각이지만, 동시에 내가 중심에 서고 내가 책임을 져야 하는 의무의 순간이다.

경제학 교수였던 아버지와 미술사 교수였던 어머니 사이에서 태어난 조엘 코엔(1954년생)과 이든 코엔(1957년생) 형제의 어린 시절은 자유방임의 극치였다. 그들은 공통 관심사를 공유하고, 함께 영화를 만들며 성장했다. NYU에서 영화를 전공한 조엘과 프린스턴에서 철학을 전공한 이든. 조엘의 졸업 작품 [사운딩스(Soundings)]는 청각 장애인 남자친구와 섹스를 하면서 다른 남자에 대한 환상을 말하는 여자의 이야기였고, 이든의 졸업 논문은 [후기 비트겐슈타인에 대한 두 가지 견해]였다.
"대학을 마치고 나서 서로에 대해서 알게 되었다" 라고 말하는 그들의 첫 공동시나리오는 [코스트 투 코스트(Coast to Coast)]로, 중국 공산당이 아인슈타인을 복제해서 28명의 아인슈타인이 생겨난다는 내용의 스크루볼 코미디다. 당연히(?) 영화화되진 못했다. 할리우드 주변을 맴돌며 기회를 엿보던 그들은 스스로 제작비를 마련해 데뷔하기로 결심했고, 2년 동안 수십 군데에서 조금씩 기금을 받아 [분노의 추격자]를 완성하게 된다.

우리나라에서 이런 좋은 집안의 자식들이 영화나 철학을 한다 하면 난리가 날 것이다. 왜 그게 미국에서는 가능할까. 그것은 다른 것을 인정하는 것인데, 더 큰 문제는 그 다른 것을 받아들일 수 있는 사회적인 인프라이다. 미국에서는 다른 것을 하더라도 그것을 받아줄 학교가 있고(성적이 아닌 재능이 있으면 제대로 된 괜찮은 영화학교에 입학이 가능하다는 등), 그런 학교가 생존할 수 있는 산업이 있다. 새로운 산업에 대한 개방과 확장이 문화적 토양이기 때문이다. 그러나 우리는 늘 의사, 판사, 대기업 임원만이 그럭저럭 삶을 안정되게 사는 모습을 봐왔다. 새로운 것을 했다가 쪽박을 차는 사람들을 너무 많이 봐서, 인생이 그렇게 녹녹치 않다고 생각할 뿐이다. 부모의 인식은 결국 그 부모가 살아온 사회적 환경의 틀을 벗어나지 못한다. 부모를 탓할 수 없다. 그래서 오히려 국제화의 틀은 이런 면에서 유용하다. 새로운 문화와 다른 것에 대한 가능성을 높여주기 때문이다.
자기가 좋아하는 것을 하고, 그것을 학교에서 받아들여 주는 시스템이 있어야 한다. 그러기 위해 예를 들어 영화아카데미는 영화를 좋아하는 사람들이 오고

이것이 국제적인, 즉 적어도 아시아 시장을 상대로 하는 국제적인 명성을 얻도록 만들면 된다. 그러면 새로운 것을 하는 아이들이 굳이 명문대를 가지 않더라도 사회적 존경과 인정을 받으며 살아갈 수 있다.

성공이란 사회적인 것이다. 오직 책보는 것만 좋아하고 오직 책 속에서 지식을 찾고 외우는 능력이 뛰어난 사람들은 지금 시대에는 판사가 되고, 의사가 되지만, 판사와 의사가 없던 중세에는 필경사가 되고 미래의 어느 시점에선가 '책만 보는 바보' 가 되기도 한다. 그런 사람이 인생이 재미있을 리가 없다. 자기보다 우수한 사람에게는 질투를, 열등한 사람을 보며 자족할 뿐이다. 반면 게임중독자로 폐인이 된 사람은 미래 어느 시점에서 최고의 로봇외과 수술의가 될지도 모른다. 긴 인생의 여정에서 보면 직업이 중요한 것이 아니고 덕을 쌓는 것이 중요하다. 자신의 행동에 얼마다 상대에 대한 배려가 녹아있는지, 착한 일을 얼마나 하려 애쓰는지가 근본을 구성하게 된다. 윤리의 영역이 실천의 영역이자 이성의 영역과 혼합되는 것이다. 그것이 또한 행복의 비밀이기도 하다. 코엘료의 〈연금술사〉 이야기가 맞다.
행복의 비밀은 '이 세상 모든 아름다움을 보는 것, 그리고 동시에 들고 있는 숟가락 속에 담긴 기름 두 방울을 잊지 않는 데 있도다.'

보통사람들에게 가장 존경하는 사람이 누구인가라는 질문을 하고 그 이유를 물었을 때 응답자들은 용기와 난관 극복 능력을 우선으로 꼽는다. 베이컨이

스토아학파 철학자인 세네카의 말을 인용해 남긴 "번창하는 사람은 부러움을, 그러나 역경을 이겨내는 사람은 존경을 받는다."라는 말이 이 사실을 잘 말해준다. 우리가 배울 수 있는 미덕중에서 역경을 즐거운 도전으로 변화시키는 능력만큼 유용하고, 생존에 필수불가결하며, 삶의 질을 향상시켜 줄 가능성이 가장 큰 것은 없다.

상대적 박탈감으로 가득 찬 저소득층의 아이들과 청소년들. 이들에겐 심리적 박탈감이 내재하고 있다. 통제하고 싶은 우리의 욕구는 상당히 강력할 뿐 아니라 통제력이 있다는 느낌은 매우 뿌듯하다. 사람들은 복권 숫자를 자신이 정할 때 더욱 당첨될 확률이 높다고 믿는다(Gilbert; 51). 지난밤에 벌어진 축구 경기 결과를 모르는 상태에서 녹화된 경기를 볼 때는 왜 현장중계로 보는 것보다 재미없을까? 이는 우리가 아무리 응원을 해도 그 기운이 경기장까지 도착해서 공이 날아가는 궤도에 미세한 영향을 주어 골문으로 향할 가능성이 없기 때문이다. 통제력은 그것이 착각이든 진짜든 우리에게 심리적인 이득을 준다. 그래서 정신건강의 중요한 원천 중 하나로 심리적 통제감이 가장 중요하다. 뭔가에 영향을 끼치는 것은 우리를 기쁘게 한다. 자신의 배를 스스로 조종해가는 것은 향하는 항구가 어디냐에 상관없이 커다란 기쁨이 된다. 그래서 이건희도 정주영도 자신의 자손만대가 번창할 만큼 돈을 벌어놓았지만 매일 새로운 일과 문제들에 부딪히며 사람들과 부대끼며 사는 것이다. 일을 통해 돈을 버는 것도 중요하나, 더욱 중요한 것은 일을 통해 심리적 통제감을 느끼기 때문이다.

그렇다면 중하층계급들은 어떻게 하나. 그들은 돈도 없고 심리적 통제감을 느낄만한 일도 없다. 가족 내에서 심리적 통제감을 부추길 말한 어떤 조건도 환경도 아니다. 공부를 통해서도 느끼기가 어렵다. 주위의 부드러운 도움의 손길을 통해서는 더더욱 어렵다. 자신이 도움 받고 있다는 것이 오히려 자격지심을 만든다. 무엇이 그리고 어떤 도움이 이들에게 심리적 통제감을 불러일으켜 줄 수 있을까. 가장 간단하고도 성과가 높은 방법이 바로 예술이다. 글을 쓰거나 악기를 다루게 하는 것이다. 어떤 악기도 열심히 하면 한 달 안에 일정한 결과물(간단한 리듬 연주 등)이 있다. 악기 중에 배우기 어렵다는 플루트의 경우도 한 달 정도면 리듬이 일정한 곡은 서투르게 연주할 수 있다. 악기를 통해 자신의 심리적 통제력을 확인할 수 있다. 또한 악기는 하나의 도구이므로 도구에 대한 통제력을 발휘함으로써 자신이 악기를 소유하고 때로는 지배할 수 있다는 만족감을 얻는다. 이것은 자신감을 회복시키고 정신건강을 향상시켜 자기 미래 인생에 대한 확신으로까지 연결된다. 베네수엘라 엘시스테마의 동력도 그런 효과를 기반으로 한다. 복지는 무조건 도와주는 것보다 어떻게 도와주느냐가 더 중요하다. 복지는 배고픈 인간의 문제를 넘어서기 때문이다.

우리는 어떤 것이 자기 것이 되면 그것을 더 긍정적으로 본다. 유권자들은 투표장에 들어갈 때보다 투표를 마치고 나올 때 자신이 선택한 후보자를 더 좋게 평가한다. 구직자들은 자신이 얻은 직업을 더 좋게 평가한다. 자신이 구입한 물건은 구입하기 전보다 더 긍정적 평가를 한다. 손목시계를 싫어하다가도

next
SAYANA

손목시계를 선물 받아 자기 것이 되면 그 손목시계만은 더 좋게 평가한다. 아담 스미스는 이렇게 말한다. "위가 수용할 수 있는 용량은 적기 때문에 식욕은 모든 사람에게 동일하게 나타난다. 하지만 빌딩, 드레스, 각종 장신구, 가정용 가구와 같은 것이 주는 편리함을 추구하고 주변과 자기 자신을 장식하고자 하는 욕구는 한계도 없고 경계도 없는 것 같다." 사치품 소비를 통해 자신의 통제력을 확인하려 한다면 이는 '마녀의 젖꼭지'를 빠는 것이다. 당장은 기분이 좋은 듯하나 결국 마녀의 농간에 넘어간다. 그런 우롱에 넘어가지 않고 실질적인 자신감과 효능감을 얻기에는, 소비위주의 획득행위보다는 악기연주 같은 기술획득이 더욱 우월하다.

안정된 자아정체감을 가진 사람은 자신의 전기가 연속성을 가지고 있다고 느끼며, 이런 느낌을 성찰적으로 파악할 수 있고 많든 적든 다른 사람들에게도 전달할 수 있다. 이런 사람은 초기의 신뢰관계를 통해 원리상 자아의 온전함을 위협하는 많은 위험을 일상생활의 습관적 행동 속에서 '걸러내는' 보호고치를 확립해 두고 있다. 이런 사람은 온전함을 가치 있는 것으로 받아들일 수 있다. 충분한 자존심이 있어 자아가 살아 있다는 - 대상세계 사물의 무생물적 특질을 가지는 것이 아니라 성찰적 통제의 범위 내에서 - 느낌을 지속시킬 수 있다. 한 사람의 정체성은 행동 속에서 찾을 수 있는 것이 아니라, 그리고 타인의 반응 속에서 -이것도 중요하지만 - 찾을 수 있는 것도 아니라, 어떤 특정한 서사를 계속 진행시킬 수 있는 능력 속에서 찾을 수 있다. 개인의 전기는 일상의 세계에서 타인과의 정규적인 상호작용을 유지할 수 있다면 완전히 가공적인 것은 아니다. 그것은 외부세계에서 일어나는 사건들을 끊임없이 통합하여 이를 자아에 관한 진행 중인 '이야기' 속으로 선별해 넣을 것임이 틀림없다.

찰스 테일러가 말하고 있듯이, "우리는 누구인가에 대한 의식을 가지기 위해서 우리는 우리가 어떻게 이렇게 되었는지, 우리가 어디로 가고 있는지에 대한 생각을 가지고 있어야 한다." 이 끊임없는 작업에는 분명히 무의식적인 측면이 존재하며, 이는 아마 기본적으로 꿈을 통해 조직될 것이다. 꿈은 하루의 끝에서 진행되는, 기억들에 대한 무의식적인 선택과 버림을 아주 잘 나타낸다 (Giddens, Modernity and self-identity, 112-113). 그래서 사랑은 함께 수면을 취하며 꿈을 꾸는 것이다. 사랑은 함께 있음을 기억하는 것이므로.

행복은 성적순은 아니지만 '공부' 순은 맞다.

1974년 미국 경제학자 리처드 이스털린에 의하면 국내총생산의 상승에도 불구하고 평균적 행복감은 거의 변화하지 않았다. 지난 50년 동안 서구사회의 실질임금 성장에도 불구하고 행복감은 상승하지 않았다. 미국의 경우를 보면 1973년-2004년 동안 실질임금은 2배로 증가했으나, 행복감은 전혀 증가하지 않았다. 대략 1만 5천 불 선에서 경제적 요소와 주관적 행복 사이의 상관관계는 사라진다. 그리고 개인의 소득이 빈곤선과 생존수준을 넘어서면 행복감이 증가하는 주요 요인은 소득이 아니라 친구와 좋은 가족생활이라고 인식되어 왔다(Lane, 2001). 그러나 현대는 가족해체와 싱글화라는 대세 속에 행복의 개념도 변화하고 있다.

행복연구는 오래전에 시작되었다. 1937년 하버드대 의대는 각별히 똑똑하고 야심차고 적응력이 뛰어난 학생들을 뽑아 '잘 살고 잘 늙는 삶의 공식' 을 추적해왔다. 이제 절반은 세상을 떴고 1967년부터 연구를 이끌어온 조지 베일런트 교수도 할아버지가 됐다. 하버드의대의 하버드 졸업생 268명들에 대한 70여 년간의 행복연구 - 실제는 '성인발달연구' - 는 "평범한 사람들이 행복했다." 는 문구로 언론 헤드라인을 장식했다. 3분의 1이 정신질환 치료를 받았고 마약이나 술에 빠져 횡사한 이도 적지 않았으나, 그냥 평범해 보이는 사람은 안정적인 성공을 이뤘기 때문이다.

사실 하버드대 졸업생이라면 이미 평범한 사람이 아니지만, 이 연구는 하버드대 졸업생 이외의 보스턴시 보통 시민 등도 비교집단으로 설정되었다. 연구결과에 따르면 이들 평범한 보스턴시 시민도 하버드대 졸업생들이 느꼈던 행복의 조건들과 크게 다르지 않았다.

그런데 이 연구에서 인상적인 부분은 사실 행복의 조건 내용 그 자체보다는 행복연구에 접근하는 방식이었다. 이 연구는 종단연구로서, 우선 1977년에 이미 발표한 이들 268명 졸업생의 50대 때의 행복조건에 대한 연구가 있었다. 그때 50대의 행복감은 3가지 요소였다. '이타주의' 와 '유머' 및 '생활에너지의 예술화' 였다. 이타성과 유머, 예술을 성인행복의 핵심요소로 제시하였는데 모두 일상생활에서 직접 실천할 수 있는 요소를 결론으로 던졌다. 단순히 '미래가 있어야 행복하다', '이웃에 대한 신뢰도가 높아야 한다.' 라는 식으로 막연한 결과를 도출하기보다는 명확하고 구체적인 가치와 영역들을 끄집어내고 있는 것이다. 우리는 '새치기 금지' 라고 해도 이런저런 사정과 이유로 새치기하지만, "30분 줄 서서 기다리다 화장실 다녀와서 이전 자리에 다시 서도 새치기입니다." 라는 구체적인 '지표' 를 들면 머릿속에 새치기에 대한 표상이 훨씬 쉽게 떠오른다. 행복에 대해서도 행복을 얻을 수 있는 지침을 거대한 정언명제가 아니라, 구체적인 실천명제를 통해 어렵지 않게 행복을 얻을 수 있는 지표를 알려주는 것은 서구 문화의 중요한 장점임에 틀림없다.

그렇다면 2010년 발표한 80대 때의 행복 조건은 어떨까. 당연히 50대 때보다는 건강과 관련이 있는 것이 많았다. 7가지 행복의 조건은 고통에 적응하는 자세, 안정된 결혼, 교육 · 금연 · 금주 · 운동, 적당한 몸무게였다. 연구결과에 의하면 그중 금주(little use of alcohol)가 의외로 가장 광범위하게 영향을 미치는 것으로 나타났다. 그 이유는 술이 몸과 마음의 방어체계를 무너뜨려 장애를 이길 가능성을 박탈하고, 이것이 다시 생활 전반에 영향을 미치기 때문으로 분석된다. 우리 주변에서 가장 쉽게 볼 수 있고 또 가장 쉽게 오해할 수 있는 요소를 찾아낸 것이다. 술이 현재의 고통은 잊게 하지만 결국 장기적으로 봤을 때는 행복감과 반비례한다. 그래서 만일 내가 술을 너무 많이 먹고 있다면, 인생이 괴로워서 술로 달래고 있다면, 거꾸로 당장 술을 줄이거나 끊어야 한다. 하루 이틀이야 힘들고 어렵겠지만 금주는 결국 인생을 다시 볼 수 있는 또 다른 능력의 토대가 되는 평범한 진리를 깨우쳐주고 있는 것이다.

또 다른 흥미 있는 연구결과는 행복하게 장수하는 사람들은 더 좋은 의사를 만날 수 있는 돈 많은 사람이 아니고 늘 배우고 익히는 고학력자나 평생학습자들이었다는 것이다. 연구팀은 그래서 건강하고 장수하려면 "병원 가는 것보다는 배우는데 시간을 더 투자하라." 라고 드러내고 충언한다. 하버드의대의 연구임에도 불구하고 - 물론 이 연구는 전체의 특성을 보는 '통계' 연구이다. 개인은 당연히 아프면 병원에 가야 한다. - 행동의 지향점은 병원의 의사가 아니라 자기 자신임을 꼽아준다.

행복이란 순간적 쾌락이 아니라 자기 인생을 통제하고 스스로를 존중하는 것 속에서 온다. 그렇다면 장기적인 행복감을 만들기 위해, 인생을 풍요롭게 만들기 위해 우리 스스로도 '구체적인' 실천명제를 한번 만들어보면 어떨까? 한국인이여! 당장 술을 끊고 교육기관에 가서 '예술' 을 배우라. 그곳에서 유머를 공유하고 친구도 사귀어라. 그렇다면 당신의 성인 생애는 지속적으로 발달되며, 결국 행복하게 장수할 것이다! 그리하면 한국의 행복지수도 높아지고 삶의 질도 높아질 것이다. 모든 국민의 표정이 찡그린 미간에서 웃는 얼굴로 바뀌니 국가이미지도 높아질 것이다.

준비된 몰입자, 여행객.

몰입은 행복이다. 그 몰입의 첫 단계는 방해자(distractor)를 제거하는 것이다.

관광객들은 이미 '마음이 풀어진' 준비된 몰입자들이다. 많은 전 세계의 축제와 행사들이 관광객을 몰입시키려 애쓴다. 모든 것이 준비된 테마파크도 갑작스러운 '거짓말'의 세계에 사람들을 몰입시키기 위해 '프리뷰스테이지(preview stage)'를 만들어 몰입을 유도한다. 디즈니 테마파크에서는 인형을 뒤집어쓴 사람들이 관광객들이 볼 수 있는 곳에서 자신의 행사의복을 입은 채 담배를 피우거나 동료직원과 담소를 나누게 되면, 손님들의 눈에 띄지 않았다 하더라도 당장 해고다. 관광객들이 즐기고 보았던 '가짜'의 세계가 진짜로 가짜였음을 깨닫게 하기 때문이다.

한국의 프로레슬링 인기가 사라진 이유도 사람들이 그 프로레슬링이 가짜였음을 모두가 알아버렸기 때문이 아니던가. 프로레슬링이 쇼인 것은 맞다. 그게 진짜라면 숱한 프로레슬링 선수들이 병상에서 일생을 보내야 했을 것이다. 그러나 미국의 프로레슬링 인기가 지금도 여전히 살아 있음은 그 프로레슬링이 진짜임을 믿고 행동하는 마크(mark)집단들이 있기 때문이다. 그래서 프로레슬러는 TV오락 쇼에 나가서도 링에서 악인이었다면 악인인 듯 행동해야 하는 '카이파베원칙(Kayfabe rule)'을 지켜야 한다. 착한 사람으로 보였다간 큰일이다. 사실은 이렇게 섬세함을 챙겨야 사람들의 몰입을 끌어낼 수 있다.

관광객들은 그 가짜의 세계가 진짜의 세계인 것처럼 쉽게 받아들인다. 그것이 몰입의 상태이다. 비록 가짜이나 이것이 가짜가 아닌 진짜인 것처럼 최선을 다해 행동하고 보여주면 관객들은 그것이 '진짜'라고 믿는다. 우리 덕수궁 수문장 교대식은 아주 숙련된 연출과 열심히 하는 '배우'들이 있다. 그럼에도

HISTORICAL SCOTLAND EDINBURGH CASTLE
EDINBURGH CASTLE
£ 5·99
£ 7·99
Historical
SCOTLA
GREYFRIARS BOBBY
EDINBURGH CASTLE
HIGHLAND CASTLE
BALMORAL CASTLE
TO CLEAR
£2 99

불구하고 주위 배경은 받쳐주지 않는다. 사실 수문장 교대식이 그리 완벽히 이루어지지 않더라도 방해자만 없다면 관광객은 충분히 즐길 준비가 되어 있다. 그런 관광객들의 '준비된 마음가짐' 에 조금 덧붙여 던킨도너츠 간판이 영어가 아닌 한글로 그리고 색깔만이라도 대한문의 단청과 닮은 청아한 모습이었다면 얼마나 멋진 일일까. 맥도널드 간판색인 노란색이 파리에서는 흰색으로, 교토에서는 갈색으로 그 도시가 규정한 색상으로 바뀌는 것까지는 기대하지 않더라도, 대한문 앞의 던킨도너츠가 멋진 수문장 행사와 어울리는 건물과 간판 모습으로 바뀐다면, 그리고 그 작은 변화가 이어져 대한문과 바로 통하는 시청역 앞 지하철 출구와 장애인 엘리베이터들의 디자인도 '어울림 디자인' 으로 바뀐다면 다행스런 일이다.

고슴도치 섬, 고슴도치 전략, 고슴도치 사랑.

춘천에는 고슴도치섬이 있다. 춘천은 섬이 아니고 호수로 둘러싸인 호반의 도시다. 그렇지만 섬이 있다. 섬은 바다에 있는 것인데 내륙분지 춘천에 섬이 있다. 춘천은 세상과는 떨어진, 수도 서울과는 떨어진 섬인 것이다. 고슴도치섬은 그래서 춘천에 있지만, 춘천의 분위기를 바다의 섬으로 전화시킨다. 고슴도치 섬은 일상에서 떨어진, 그래서 낭만의 섬이고, 탈출의 섬이고, 해방의 섬이다. 그렇게 고슴도치 섬은 '그저 그런 우리의 일상들' 을 낯설게 만든다. 고슴도치의 사랑을 모른다면 나 스스로 가시를 갖고 있는 것을 모르는 것이다.

내 가시를 갖고 다른 사람을 껴안으려 한다면 나도 다치고 다른 이도 다친다. 보이지 않는 마음의 가시를 보이는 가시로 바꾸는 편이 분명 더 나을 것이다. 인간의 진화는 그 가시를 뇌에 심었다. 다른 동물들은 가지지 못한, 인간만이 갖는 감정이입(empathy)의 정신적 능력은 그 많은 문명을 가능케 했다. 문명의 본질은 감정이입이다. 타인의 마음을 나의 마음처럼, 그러나 동시에 나의 마음을 타인의 마음과 동일시하지 않는, 관조하고 성찰하는 인간의 능력을 찬탄하는 바이다.

£10
THANK YOU!

11

출구, 다시 한국으로

에든버러에서 런던으로 다시 돌아왔다.

그러나 여권도 없고, 돈도 없다. 런던에서도 여전히 혼자였다. 홀로 남은 스마트폰이 있었건만, 이상하게도 내 폰으로 거는 한국전화는 불통이다. 전화가 된다고 해도 가족들에게 걱정만 끼칠 테고 특별한 방도는 없다. 대사관에서는 절대로 개인 일은 봐주지 않는다고 단언한다. 많은 사람이 그렇게 요구하면 일이 잘되지 않는 것은 분명하겠지만 그래도 당사자는 늘 아쉬운 법이다. 그렇지만 그들은 직접적인 경비와 관련되는 것을 제외하고는 정말 열심히 일하고 도와주려 하는 듯했다. 내 임시여권을 어떻게든 빨리 만들어 주려 애썼다.

전화가 되지 않아 전화 한 통 쓰는 것도 허락해주었다. 내부전화라 대사관직원이 대신 전화를 걸어준다. 선배인 런던대학 교수와 전화가 닿았다. 나에겐 다행이었지만, 전화 받는 선배는 갑작스러운 대사관 직원전화에 적잖이 당황했을 것이다. "여기 유승호란 분이 여권과 가방을 잃어버려 지금 대사관에서 전화하는 것입니다. 통화해보시지요." 그냥 바꿔주지 왜 나의 자초지종을 설명할까. 이해는 가지만 섭섭함은 있다. "곧 갈게 1시간 내에 도착할 거야." 전화기로 들리는 선배의 목소리가 고마웠지만 확신에 찬 악센트는 없었다. 오후 4시 30분 대사관 민원업무가 끝나는 시간은 여지없이 맞춰지고 문이 닫아 걸렸다. 밖으로 나와 앉았다. 갈 곳은 없었고 기다리는 수밖에 없었다. 1시간 있다 온다던 선배는 2시간이 지나도 오지 않았다. 런던에서 아는 사람이라곤 그 선배뿐인데. 달리 대안이 없었다. 길거리 한구석에 걸터앉아 오늘 밤을 보낼 궁리를 했다. 대책이 별로 없었다. 커피 값 정도는 주머니에 있으니 카페에 앉아서 밤새 보낼까? 그런 카페가 있을까? 호스텔은 어떨까? 아 호스텔만 하더라도 커피 값의 서너 배는 될 텐데. 대사관 주변 어디 있는지도 알 길이 없다. 런던 한복판에선 한국의 내 통장에 있는 돈이 소용없었다. 신용카드도 없고, 나를 나라고 증명할 증명서도 없으니 통장에 돈이 있다 해도 나를 증명하기 어려워 찾기 어려울 터이다. 내 돈은 왜 한국의 은행 통장에 있는 걸까. 나는 왜 이곳에서 한국인이어야 하는 걸까. 얼토당토않은 의문을 제기한다. 새로 이사 온 우리 집에서 제일 가까이 있는 은행이 씨티은행이었구나 라는 생각도 불현듯 스친다. 관심도 없던 씨티은행이 왜 바로 지금 이 순간에 생각나는 거야.

그 은행이라면 외국계여서 여기서 쉽게 돈을 찾을 수 있지 않았을까? 다시 생각하니, 씨티은행이라고 해도 나를 확인할 수 있는 방법이 없으니 안 될 거야. 아, 모든 것이 본인확인인데, 난 여권도 없고 내 신분을 증명할 수 있는 그 어떤 것도 없다. 내일은 되어야 한다. 하루 동안은 참을 수밖에 없다. 지금부터 찾아올 밤 동안은 난 이 세상에 적이 존재하지 않는 인간으로 살아야 한다. 주위 사람들이 날 인정해 주지 않으므로…. 바로 그때 이 순간의 나를 인정해 주는 유일한 사람이 나타났다. 6시가 다 되어서야 선배가 나타났다. 비록 늦긴 했지만, 도착 시각을 정확히 알려주지 못했지만, 멀리서 흔들어주는 손은 세상을 비추는 희망과 사랑의 손이었다.

경제나 돈의 범주는 인간의 사랑과 관계의 범주를 대체할 수 있을까? 그 순간 난 절대로 대체 못한다는 나의 믿음을 확인하고 안심해 했다. 물론 대체가 가능하긴 하다. 각성에 애착을 두고 평화를 포기하면 가능하다.

에든버러에서 돌아와 그 다음 주 바로 개강을 했고 강의가 시작되었다. 강의에서 학생들과 작은 실험을 했다. 앞서 언급했던 가상가치법을 약간 변형해서 인간관계에 적용하는 실험이었다.

"지금 가장 사랑하는 애인과 1년 동안 헤어진다고 생각해보세요. 가장 사랑하는 애인이 없다면 가장 친한 친구도 좋고, 선배도 좋고 후배도 좋습니다. 아무리 둘러봐도 아직 없다면, 있다고 상상하고 한번 1년 동안 헤어져 아무런 연락을 할 수 없다고 가정해보세요. 그리고 선생님은 이 세상에서 가장 돈 많은 사람이라고 가정하세요. 아니 진짜 그렇다고 한번 믿어보세요."

우리나라 최고부자의 개인 재산이 약 4조 원 된다고 하니, 내가 5조 원을 가지고 있다고 상상하라고 학생들에게 말했다. 그리고 "여러분들이 요구하는 돈을 얼마든지 줄 터이니 얼마의 돈을 준다면 가장 사랑하는 사람과 1년을 떨어져 만나지 않겠는가?" 라는 질문을 했다. 학생들이 머뭇하다 주섬주섬 답을 쓴다. 대학 1학년생들이니 아직 애인이나 친한 친구들에 대한 감이 잘 오지 않았을지도 모르겠다. 1천만 원부터 4천만 원까지, 평균 2천만원정도 되는 것 같았다. 이번엔 가장 사랑하는 애인과 영영 만나지 못한다는 생각을 하라고 했다. 그리고 얼마를 주면 애인과 영영 만나지 않을 것인가라고 똑같이 물었다. 이번엔 10억에서 수십 억이 훌쩍 넘어간다. 마지막 질문을 했다. 좀 강한 질문이다. "지금 여러분은 자신의 부모를 선택하지 않았지요? 태어나니까 지금의 부모가 부모로 되어 있었을 겁니다." 학생들에게 평소 하지 않던 생각에 상상의 여지를 줄 수 있도록, 사고의 유연성을 부여하는 '멘트를 쳤다' . 그리고 마지막 질문. "만약 얼마를 준다면 지금 여러분의 부모와 영영 연을 끊겠습니까?" 학생들의 인상이 찌푸려졌다. 고민하고 주저하는 모습이 역력했다. 억지로 쓰는 아이들에서부터 결국은 못 쓰는 아이들. 어떤 학생은 선생님의 전 재산 5조원에 1조원을 더해서 6조원을 받을 것이라고 썼다. 그 이유는 선생님의 모든 것을 빼앗는 것도 모자라기 때문이라고 한다. 반 정도는 아예 쓰지 못했다. 쓴 학생들 대부분도 천문학적인 숫자들이었다. 1-2조 단위의 액수는 다 훌쩍 뛰어넘었다.

사실 세상은 경제가 지배하고, 모든 게 돈의 힘으로 좌우되는 게 이 세상이다.

인생의 행과 불행은 모두 수입과 연봉이 지배하고 돈벌이가 모든 인간 행동의 기준이 되어버렸다. 그런 세상이 되었음을 우리는 쉽게 인정한다. 문화도 산업화되었고, 정신적인 풍요로움도 물질이 받쳐주지 않는다면 큰 의미가 없다는 게 대세다. 그러나 인간의 감성을 구성하는 문화는, 그리고 그 문화의 정수 중의 하나인 믿음이나 사랑은 여전히 최강의 독립적이고 자율적인 영역지를 확보하고 있다. 경제도 산업논리도 쉽게 범접할 수 없는 영역이 감성의 영역인 것이다. 그러나 사람들은 그런 생각을 하지 못한다. 여전히 자신들에게 가장 중요한 것은 안정된 돈벌이였다. 돈벌이를 위해 때로는 관계를 과감히 희생한다. 믿음도 사랑도 쉽게 저버린다. 관계를 쌓고 믿음과 사랑을 쌓아가는 것이 그 어떤 것보다도 '경제적 가치' 가 높다는 것을 간과하고 있는 것이다. 그것은 행복의 가치도 놓치는 일이다.

학생들이 그 실험을 하는 동안 부모와의 연을 끊는다고 했을 때 가장 고민했고, 또 감정의 상태도 극도로 불쾌했다고 말했다. 그렇다. 그때의 감정 상태는 불쾌함이다. 그런데 그것을 역으로 생각하면 부모와의 사랑과 믿음이라는 緣(연)은 결코 기존의 경제적 가격으로 측정하기 어려운, 거꾸로 엄청난 경제적 가치를 지닌 무한한 행복의 자원이다. 학생들과 실험 후 이야기하는 과정에서 '부모에게 효도하라' , '사랑이 인생에서 가장 가치 있다' 라고 백번 말하는 것보다, 문화와 돈을 분리하고 또다시 연결시키는 이 실험을 통해 우리들 사랑이 얼마나 중요한지, 내가 얼마나 행복한지를 새삼 깨닫는 지혜를 얻었다고 입을 모았다.

이런 문화의 독자성과 자율성 그리고 지배성은 문화시설들에서도 나타난다. 크게 돈 될 것 같지 않은 지역의 유산이나 문화시설들도 그 지역과 도시와 오래 함께 하다보면 애착이 생긴다. 그런 애착은 도시인들의 의식을 형성하고 시간이 지나면서 의식 심연으로 정착된다. 자주 가지도 않게 되고 별 의미도 부여하지 않고 잘 생각나지도 않지만 말이다. 그래서 그냥 일상에 젖어 살다 보면 갤러리나 박물관, 식물원, 고성들은 잊힌다. 방문객도 줄어들고 수익도 악화된다. 입장료 수입과 유지비용을 비교하면 손실이 막대하다. 그러나 오랜 세월을 도시인들과 함께해온 문화시설들을 비효율적이라고 보는 순간, 문화의 잣대는 사라지고 산업의 잣대만 있는, 천박한 가치평가에 이르게 된다. 입장료 수입 얼마에 유지보수 운영비용 얼마, 그래서 이 문화시설은 폐기하고 그곳에 아파트나 주택단지를 지으면 수익이 남게 된다. 그러나 이것도 문화의 독자성을 인정하는 가치법을 적용하면 달라진다. 그 질문은 앞의 첫 강의 때의 질문과 비슷하다. 개인의 관계에서 집단과 지역의 관계로 확장되는 것뿐이다. "만약 에든버러에 에든버러성이 없다면?" "만약 에든버러에 로열식물원이 없다면?" 그 지역을 대표하는 장소에 그것이 없다고 생각한다면 그것을 복원하기 위해 주민은 얼마를 낼 것인가? 라고 묻는다. 그러면 평소 입장료보다 훨씬 더 많은 액수가 나온다. 지역의 정체성, 상징과 합치되고 애착된 자신의 감성이 에든버러성과 로열식물원이 사라지는 것을 용납하지 않기 때문이다. 그래서 경제적 합리성이 지배하고 자본과 이윤이 지배하는 시대에도 문화를 아는 국가들은 문화 인프라를 굳건히 지킨다.

고유의 삶, 공유의 삶.

에든버러를 다녀오기 한 달 전, 친구들과 백두산에 올랐다. 인생의 꼭짓점에 서서 서로 인간애를 나누는 절친들과의 백두산 등정은 분단 현실의 메마름을 '체화' 했던 80년대를 함께 보낸 기억과 맞닿았다. 백두산의 천지를 바라보고 그 둘레를 에돌며 걷는 모습들은 처음의 멋진 풍광에 녹아드는 모습과는 사뭇 다르다. 아무리 멋진 풍광도 잠시의 순간이다. 멋지다는 말은 각성이고, 각성은 쉽게 사그라지고 변한다. 그 각성 뒤에는 평안함과 무료함이 의례 따라오는 법이다. 그러나 우리에게 백두산 천지는 그 각성 뒤에 흔적으로 남은 기억을, 우리들 의식의 심층에 자리한 80년대의 부채의식들을 뽑아내어 천지 위에 흩뿌린다. 맑았던 천지에 구름이 몰려오는 모습에 종종걸음으로 계단을 내려 하산하는 관광객이 아니라, 친구들 하나하나 천지의 역사에 가까이 다가가 의례하고 묵념하는 제사객이다. 지금 21세기에 모두들 사회에 잘 적응했고, 때로는 선도했다. 회사에 들어와 보니 관료적 면모가 꽉 차 있었고, 그것을 몰아내는 것이 또 다른 자유의 한 단면이라 생각했다. 물론 그런 자유의 가치는 저성장 시대 자신의 자리보존과 자리상승을 위한 합리화일지도 모른다. 그러나 언제나 가치에 대한 지향은 남아 있다. 지금보다 더 나은 사회에 대한 유토피안적 고민은 일상 속에 묻혀 있다가, 사회를 빈정대고 경쟁자를 빈정대다가, 불현듯 깊은 심연에서 불쑥 튀어나와 때때로 우리의 분위기와 의식을 휩싼다.

백두산 천지에 오른 친구들은 과거와 현재의 혼재함 속에서 털리지 않는 상념을 애써 털털함으로 바꿔가며 하산했다. 그리고 즐겁고도 냉소적인 언어와 일상들로 다시 미끄러진다. 시대와 공간을 공유하며 '가치의 시대' 에 피폭된 우리들의 젊은 날은 그렇게 백두산에서 다시 머물다 갔다.

스코틀랜드와 에든버러는 분단의 현실과 아픔을 투영하는, 그러나 그 아픔을 똑바로 볼 수 없는, 예쁜 프리즘 뒤에 가려진 그런 도시다. 에든버러성의 스코틀랜드 공주이야기도 잉글랜드 본토의 이야기와 섞이고, 스코틀랜드를 위해 전쟁에서 죽은 자들도 잉글랜드 본토의 이름과 섞여 제문에 남는다. 나 개인의 안위가 아닌 전체의 가치를 위해 헌신했지만, 명예를 부여받은 것은 개인이 아닌 국가였고 종교였다. 한 사람 한 사람의 이름은 책 속 명단으로 새겨지고 장식된 무기로 둘러싸인다. "그대들의 용맹함을 칭송하노라." 하지만, 그들의 목소리는 다르다. 나는 죽을 적에 스코틀랜드를 위해 목숨을 바쳤건만 그래서 그 국가가 내 가족들, 내 후손들에게 보호와 영광을 줄 거라 믿었건만, 후대는 잉글랜드를 위해 죽은 영웅들만을 칭송한다. 그리고 잉글랜드는 스코틀랜드 대지주들에게 잉글랜드의 전통과 권력을 조용히 물려주었다. 개인의 의도적 삶은 '의도하지 않은 결과' 를 바라는 조직과 단체들, 권력들에 의해 늘 왜곡된다. 그것은 관례를 넘어 법칙이다. 가짜가 더 진짜 같고 진짜보다 더 진짜 같은 하이퍼 리얼리티. 스코틀랜드를 위해 죽은 자들에게 그들이 아무 말을 못하는, 목숨 바친 후의 삶은 권력을 가진 각자의 욕망 속에 희화화되고 하이퍼 리얼리티로 부활된다.

GAP

런던 히드로공항에서 대사관이 급조해준 여행증명서를 내밀었다. 여권이 아닌 것을 보고 범죄인 취급하듯이, 손을 들고 멈춰 있으라고 한다. 또다시 낭패다. 이국땅에서 정상적인 신분증이 아닌, 여행을 증명할 수만 있지 국적을 증명할 수는 없는 여행증명서. 에든버러를 방문하고 한국으로 돌아가는 길이라고 설명하니, 코미디언이냐고 묻는다. 에든버러 공연의 반 이상이 코미디물이었고, 외국 사람들은 대부분 언어소통에 문제가 있으니, 코미디언처럼 보였을 터였다. 무국적자가 코미디언이라. 처음 허탈한 웃음에, 애써 여유로운 척 너털웃음으로 바꾸어 더 크게 웃었다. 정상적인 여권이 없어, 출국도장을 찍어줄 수 없다고 한다. 상관없다. 어쨌든 한국으로 가면 한국입국심사소에서는 나를 한국인으로 받아줄 터이니까. 여권이 없어도 내 얼굴과 주민등록번호로 나를 확인할 것이다. 10시간의 비행 후 한국입국심사소에 도착했다. 평소 아무 말 없이 스탬프를 찍는 심사관이 한마디 던진다. "이거 오늘 만드셨네요. 고생하셨겠습니다." 늘 듣는 아주 사무적인 톤의 말이었다. 그러나 그 사무적인 밍밍한 한마디에 나는 울컥거리는 특별한 감정을 섞는다. 한국인으로 대해주셔서 감사합니다. 우리 땅 한국에 들어오면서 난생처음 느껴본 감정이었지만, 그건 우리가 느끼지 못하던 무의식의 인프라였다.

도대체 우리는 언제부터 한국인이란 감정을 가지게 되었을까. 그리고 우린 어떤 상태를 한국인이 되었다고, 한국인이라고 말하는 것일까. 한국말을 해서? 한국인의 외모를 가져서? 한국역사를 공유해서? 아리랑 노래를 불러서? 단군

신화를 믿어서? 삼국통일을 해서? 도대체 우리가 한국인이라고 할 때 그 정체는 무엇일까. 분명 간단한 문제는 아니다. 장구하고 대립적인 역사 속에서 차츰차츰 형성되어 온 민족적 정체성일 것이다. 때로는 실체 없이 한국인임을 말하고 있는지도 모른다. 한국인의 정체성에 대한 대답은 세대마다 다를 수도 있다. 한국인하면 어떤 세대는 조선왕조 600년의 혈통, 어떤 세대는 근면 성실한 악바리 가치, 어떤 세대는 월드컵축구를 통해 치우천왕의 신화를 숭상하면서 민족의 정체성을 느낀다고 할지도 모른다.

각 나라의 이민정책, 즉 자국민이 될 수 있는 조건들을 들여다보면 각 나라가 생각하는 그 나라의 민족 정체성이 어느 정도 감지된다. 프랑스는 자유, 평등, 박애 같은 가치에의 합의, 영국은 전문지식의 유무, 미국은 안정된 직장과 수입 등 국적 취득의 자격요건이 서로 다르다. 그런 이민정책의 유형이 아마도 그 나라의 무의식에 자리 잡은 정체성의 조작적 정의가 될 수 있겠다. 그러나 외국인에 가장 배타적인 역사를 지닌 나라는 한국 아닐까? 중국 화교가 가장 자리 잡지 못한 나라가 한국이었다. 아직도 중국 화교는 한국인 국적을 획득하지 못한 사람이 부지기수이고, 국적을 획득하지 못해 돌아간 사람도 많다. 다른 나라의 차이나타운이 번성하는 것과 우리의 차이나타운이 변두리에 있다가 제대로 빛을 보지 못하는 것과 대비된다. 영국도 다른 나라에 비해 배타적이다. 그러나 다른 여느 나라처럼 차이나타운이 있다. 더구나 런던의 차이나타운은 런던의 중심가를 휘젓는다. 차이나타운은 블룸스베리. 웨스트엔드 런던 최중심부에 자리 잡았고, 가장 많은 사람이 오가는 곳이다. 배타적이고 보수적이라는 영국도 차이나타운을 시내 중심부에 허락했고 점점 커지고 있다. 이민정책은 두뇌유출(brain drain)이 아닌 두뇌순환(brain circulation)이 되어야 한다. 런던의 최고급 아시아 인재들은 차이나타운에서 저녁을 먹으며 서로 네트워킹하고 비즈니스를 키운다. 공유된 삶은, 우리들 심층에 자리 잡은 공유된 삶은, 각성과 긴장을 요하는 들뜬 세상의 진정제다. 중독되지 않지만, 위기와 필요의 시기에 늘 나타나는 진정제이다.

이제 난 한국의 인천공항으로 돌아왔다. 전 세계에서 차이나타운이, 화상이 유일하게 자리 잡지 못한 유일한 나라 한국을 생각하며, 자신의 국적과 자신의 이해 위에 줄타기하는 많은 입국자의 모습을 보며 공항을 빠져나온다.

ROBBIE

ROBBIE'S
OSCARS

thanks to...

내 초고를 꼼꼼히 읽고 최초의 독자로서, 협력자로서 조언을 아끼지 않았던 분들께 특별히 감사드린다. 김형일은 강원대 철학과를 졸업하고 영상미학의 새로운 현대적 해석을 목표로 공부하고 있다. 공부를 위해 밥벌이용 아르바이트는 전혀 하지 않는 순수파이며, 맡겨진 일에는 집중력을 쏟아내는 의리파이다. 박현아는 연세대 신문방송학과를 졸업하고 카이스트 문화기술대학원에 재학 중으로 문화산업을 전공하고 있다. 유행하는 트렌드형 분석보다 문화가 인간과 사회에 미치는 영향을 깊이와 넓이를 갖춘 태도로 탐구하는 당찬 재원이다. 향후 한국의 문화산업 전문가로서 큰 몫을 해낼 것이 분명하다. 그리고 김남지 가쎄대표님. 저자와 독자 사이의 다리를 만들기 위해 아름다운 고통을 즐겁게 감내하는 모습에서 금세 알 수 있듯 삶의 향기가 참 맑은 분이다. 부디 많은 이들이 이 책을 통해 그 향기를 느낄 수 있기를 바라며….

본문 내용에 인용된 책들은 다음과 같다. 〈Anthony Giddens, Modernity and Self-identity〉, 〈Daniel Gilbert, Stumbling on happiness〉, 〈Lane, The loss of happiness in market democracies〉, 〈Jeremy Rifkin, European Dream〉, 〈바네사 슈와르츠, 구경꾼의 탄생〉, 〈김홍중, 마음의 사회학〉